「型」で学ぶ はじめての 俳句ドリル

岸本尚毅
夏井いつき

祥伝社

高濱虚子選『ホトトギス雑詠選集』からの引用は、朝日文庫版を底本とし、俳句作品・文献からの引用は、原則として漢字は常用漢字、送り仮名は原作に準じて表記し、振り仮名は新仮名遣いとしました。

はじめに

夏井いつき

三十数年前、私が俳句を始めた頃、岸本尚毅さんはすでに俳句界の新進気鋭のホープとして活躍されていました。私より数歳年下にもかかわらず、古今東西の俳句が立ちどころに出てくる恐るべき記憶力、評論・論評における鋭く深い分析力に舌を巻くばかり。作品は勿論のこと、彼が書いたものはとにかく手に入れて、読んで、己の勉強とすることを繰り返してきました。若き日の彼の風貌は、『ひょっこりひょうたん島』のハカセ君みたいでしたので（今もほとんど変わってないように思いますが）、勝手に「キシモト博士」と呼んで崇敬の念を抱いてきました。

キシモト博士が、俳句界をリードしてきたこの三十年間、私自身は何をやってきたかというと、「百年俳句計画」をスローガンとして「俳句の種まき」運動を続けてきました。俳句が、百年後も富士山のように高くて美しい山であり続けるために必要なのは、豊かで広い裾野だ。自分に俳句なんてできるわけがないと思っている人、俳句にちょっと興味を持ち始めている人たちを勝手に「チーム裾野」と名付け、コツコツと俳句の種をまき続けてきました。

今回、キシモト博士から「『ホトトギス雑詠選集』を素材として俳句入門書を書きたいのですが、一緒にどうでしょう」という嬉しいお誘いがありました。キシモト博士の保有する膨大な俳句データと、私が経験してきた初心者の陥りやすい失敗や心配などのデータを合体させると、今までの俳句入門書とは一味違ったものができるのではないか。なるほど、それは面白い！「やりましょう！」と即答して、本書の企画が動き始めました。

本書では、私は徹底して「チーム裾野」の代弁者となって、「チーム裾野」の皆さんが疑問に思いそうなこと、私自身がかねてより知りたいと思っていたことを、キシモト博士にぶつけました。キシモト博士との「講師問答」は、実に興味深く、学ぶって楽しい！　を満喫した時間でした。
『ホトトギス雑詠選集』が何もので、どう面白いのかは、本書を繙いていただくしかありませんが、虚子選の多彩な句を素材として、キシモト博士出題の穴埋め問題が炸裂します。それを一つ一つ解いていくことで、俳句のメカニズムがわかるような構成になっています。みんなで挑めばコワくない！　さあ、私と一緒にキシモト博士に挑戦しましょう！

二〇一八年八月

この本の読み方・使い方
――俳句に精神論は無用。徹底的に「型」を学び、「発想法」を練習する

岸本尚毅

この本は、実際に俳句が作れることを目指し、ステップを踏んで句作の練習をするための本です。教科書的な解説は最小限にとどめました。

初めての方はもちろん、俳句を始めたけれどすらすら作れない方、もっとうまくなりたいと模索している方、席題(せきだい)や吟行(ぎんこう)で句作に苦心している方にも、役に立てていただける内容になっています。

「チーム裾野」の代弁者となるのは「プレバト!!」や「NHK俳句」でおなじみの夏井いつきさん。一緒に問答をすすめるのは、夏井さんが「キシモト博士」と呼ぶ俳句オタクの岸本尚毅です。

この本の前半では、**俳句の中身に先立って、俳句の「型」を学びます**。そして後半は、**「題詠」の発想法を通して、俳句の中身の練習をします**。

全部で10のレッスンと30のドリルを用意しました。毎日一レッスンずつ読めば十日あまりで、ドリルを一日一つ進めれば一カ月あまりで読み終わります。

俳句に精神論は無用です。この本では実際の作例を多く引用しました。ほとんどの句が高濱（たかはま）虚子選の『ホトトギス雑詠選集』からの引用です。

この本の構成は以下の通りです。

◎1章　入門書の入門

俳句指導にまつわるさまざまなエピソードや、発想法や上達法についてのウォーミングアップです。

◎**2章　なぜ型が大切か**（レッスン1〜レッスン6）

正岡子規（まさおかしき）の「柿くへば鐘が鳴るなり法隆寺」と、「柿を食べたら鐘が鳴った。法隆寺だ。」という散文を比較してみましょう。**俳句と俳句でないものとの違いは「型」の有無にあります。**指を折ってたどたどしく五七五を作るのと、型を身につけて自在に詠（よ）みこなすのとでは作句の楽しさは大いに違います。

この章では、**ドリルを使って「型」の練習をします。二人の問答がドリルの解説となっています。目標は、指を折らないで五七五の形を作れること。**「○○や」という五文字の練習から始め、五音と七音を一気に作るなど、ステップを踏んで五七五の完成形を目指します。

◎**3章　中身を盛り込むための発想法**（レッスン7〜レッスン10）

私たちは常日頃からいろいろなことを頭の中に思い描きます。**思い描いたことを、五七五の「器」にうまく収めるには、意識的な練習が必要です。**

ドリルでは、「題詠」（与えられた題を詠み込んで句を作ること）の練習と、俳句特有の「取り合わせ」の練習を行ないます。

◎4章　もう一歩上達するための秘訣

夏井さんと岸本の初学時代の思い出を交えながら、さらにステップアップをはかるための最終問答です。いい俳句とは何か。俳句を作ること、俳句を楽しむこととは何か、を考えてみました。

コラム 1

『ホトトギス雑詠選集』

高濱虚子（明治七〜昭和三十四）は正岡子規の弟子で、子規による俳句の近代化の流れを継承し、今日の俳句の屋台骨を築いた俳人です。虚子は作者としてのみならず、選者・指導者としても傑出した存在で、その門下からは、水原秋櫻子、山口誓子などのすぐれた俳人を多数輩出しました。

『ホトトギス雑詠選集』は、虚子がその主宰した俳誌「ホトトギス」の投句欄（雑詠）の入選句の中からさらに厳選したアンソロジーです。

「ホトトギス」の雑詠欄は誰でも入選できるものでなく、多くの投句者は一句たりとも載ることがなかった、一句入選したら赤飯を炊いて祝ったほどの厳選だったと言われています。その厳選の結果である明治末頃から昭和十年代までのほぼ三十年にわたる十万句以上の入選句を、さらに一万句弱に厳選したのがこの『ホトトギス雑詠選集』です。

つまり、『ホトトギス雑詠選集』とは、最も権威ある俳人が厳選に厳選を重ねた珠玉の作品集だというわけです。ただし、作品の年代が今から八十年以上前のものですから、生活感覚が現代と違う句も混じっています。それはそれで面白いですし、変わらぬ人情を詠んだ句や、自然や風景を詠んだ句はそのまま現代の俳句愛好家のお手本として使えます。

自分が作れる俳句はたかが知れています。古今の秀句に触れ、「深く鑑賞する力」「本物を見分ける力」を養えば、さらに俳句を楽しむことができます。人の作った句を享受できる能力は、自分で句を作る楽しさとはまた違った喜びを与えてくれるでしょう。

本書で、『ホトトギス雑詠選集』という近代俳句の宝物をじっくりと味わって読んでいただけると嬉しいです。

1章 入門書の入門——俳句を始める前に……019

2章 なぜ型が大切か

や

かな
けり
や

五七五

型

切れ字

4章 もう一歩上達するための秘訣…223

装丁…細山田光宣＋鎌内文
装画・本文イラスト…須山奈津希
編集協力…八塚秀美
DTP…キャップス

1章

入門書の入門
――俳句を始める前に

そもそもどのようにして
俳句を始めたらよいのでしょうか。
最初のとっかかりをどうしたらよいのでしょうか。
「チーム裾野」のための「入門の入門」を、
岸本尚毅と夏井いつきが体験談を交えて熱く語ります。

俳句に必要なモノって何ですか？何も買わなくてもできますか？

夏井　入門者の質問は「最初に何を買ったらいいですか」から始まりますよね。私が自分の経験から、「藤田湘子（ふじたしょうし）の『20週俳句入門』を買って、一人じゃ無理だから、仲間と一緒にコツコツやりました」と言うと、「そんなこと聞いてるんじゃないんですよ。まず何を買ったらいいのか教えてください」と言われます。

岸本　「入門書」を聞きたいわけではないのですね。

夏井　そうなんです。「入門書のもっと前」を知りたいって言うんです。「メモ帳とペンがあったらいいんでしょ」って言ったら、「え、メモ帳ってどんな？」とか。なかには、俳人はいつも短冊（たんざく）を持っていると思っている人もいるし、句会に誘ったら、「着物でしょうか」とたずねられたり。

岸本 入門するための準備品一式が知りたいんですね。

夏井 例えば句帳の形が気になるとか、形から入りたいってタイプの人もいるのでしょうね。変なメモ帳を出すのが恥ずかしいとか、そんなところからのスタートなんです。

「三色ボールペン要るんですか?」「黒が一本あったらいいよ。でも、句会に行くようになったら赤があったほうがいい」「え、赤も要るんですか?」「いや、そのうちだよ」みたいな質問のやり取りから、常に始まるんですね。

学校の先生からも好評の殿ケンノート

漫画の季寄せつき

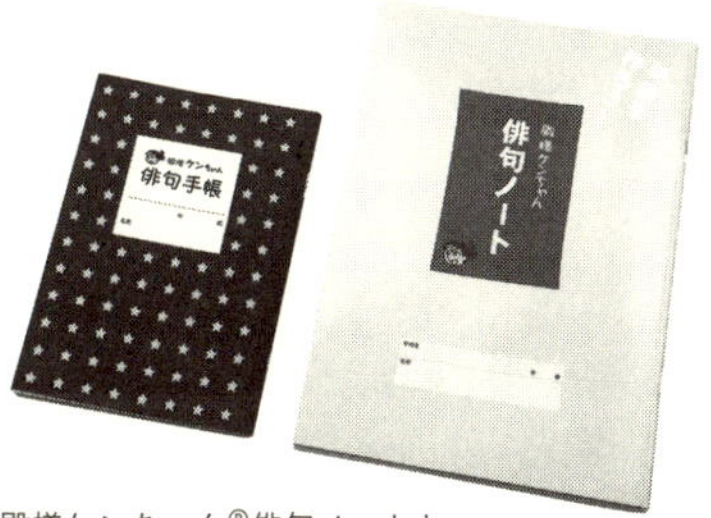

殿様ケンちゃん®俳句ノートと
殿様ケンちゃん®俳句手帳
©キム・チャンヒ、有限会社マルコポ.コム

記入欄。右ページにはメモ欄

岸本 句帳は、どんなものをおすすめしていますか？

夏井 私はよく、句帳と漫画の季寄せ（歳時記の簡略版）を合体させた子ども用の俳句手帳、「殿様ケンちゃん俳句ノート」（以下「殿ケンノート」）をすすめます。メモ欄には取材したメモが、別の欄には出来上がった句が書けて、春夏秋冬・新年の季寄せが、殿様ケンちゃんの漫画になってついているんです。百句書ける句帳と、季寄せを合体させた教材として使ってもらっています。低学年はA5判サイズ、高学年になると、でかくてカッコ悪いと言う子がいて、文庫サイズのちっちゃいタイプも作られています。

岸本 漫画の季寄せというのは、子どもでもわかりやすいですね。

夏井 だから、「まず何を買ったらいいですか」という質問には、「殿ケンノートと、家に転がってるペンでOK」と答えます。そうすると、「続くかどうかわかんないのに、高い歳時記は買いたくない」とおっしゃる方が、やっと重い腰をあげてくださるんです。

殿ケンノートは、句帳以外のメモ帳を持たなくてよいのが便利なんですね。

こっち側はメモですっていうページがあるだけで、チーム裾野は救われるんです。こっちでゴチャゴチャ書いて、「なんか俳句の形になった」と思えばその句を線の引いてある側のページに書く。すると「あ、今日は何句できた」と。殿ケンノートは百句目まで番号が打ってあり、日付も書けるんです。何月何日の句って。だから、それがチーム裾野の達成感（笑）。

よく出回っている角川（かどかわ）やＮＨＫの罫線（けいせん）が引いてある俳句手帖（雑誌「俳句」や「ＮＨＫ俳句」に付録として俳句手帖がつくことがある）だと、チーム裾野はきれいに出来上がった俳句を書かないといけないという強迫観念にとらわれるんで、メモページがあると気が楽なんです。

みんな貧乏性だから、ちっちゃい字でこまごま書いてます。孫のお迎えが何時とかも書いておくと絶対に見ますから、そこに作らないといけない兼題（けんだい）（次回の句会の題として、句会の指導者があらかじめ出題する「お題」）をダーッと書いといて、いつもこうやって見ながら、ああ、今週中にこれ何句作っとかないといけない、みたいなことを全部メモしておくのね。

岸本　句帳は最初に買う道具ですね。

夏井さんとキシモト博士は、どんなふうに句帳を使ってるの？

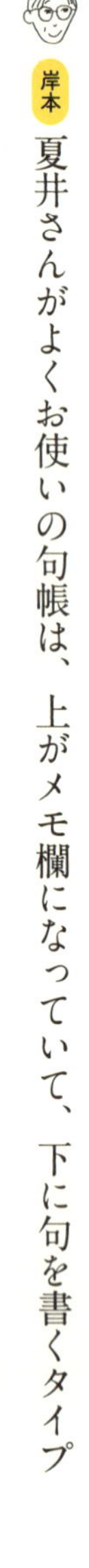
岸本　夏井さんがよくお使いの句帳は、上がメモ欄になっていて、下に句を書くタイプですね。

夏井　これは仲間内（うち）のもう亡くなった印刷屋のオッちゃんが、作ってくれたんです。上がメモ欄で下に句を書くんですが、その通りでなくてバラバラに使ってもいい（笑）。全部がメモ欄で、俳句の形になったものだけグリグリっと線で囲んでここに一句あるみたいな感じでも使えます。岸本さんはどうやって使ってるんですか。

岸本　角川やNHKの句帳にグチャグチャ書いてますね。

夏井　みんなグチャグチャですよ。

岸本　その中から、寄鍋の豆腐を掬うような感じで句ができるといいですね。

チーム裾野の「あるある」

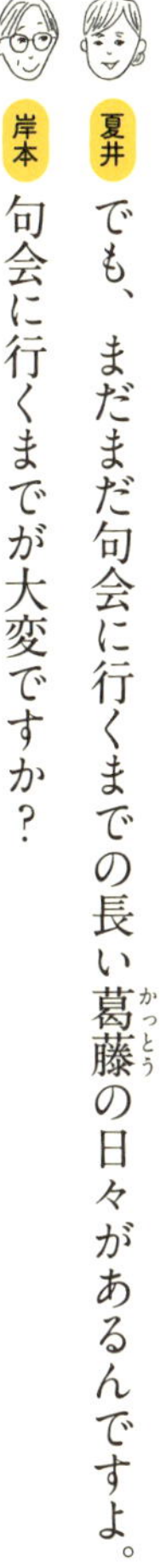

夏井　でも、まだまだ句会に行くまでの長い葛藤の日々があるんですよ。

岸本　句会に行くまでが大変ですか？

夏井　チーム裾野は、何冊も歳時記を持つような、そんな財力がないわけ。本当なんですよ。切実なところで暮らしてる人たちが、俳句は金のかからない楽しみになるかもしれないと思ってはじめるから、本当に自分が俳句を続けるかどうか自信がつくまで歳時記は買わない。だから、「薄っぺらいのでいいから、季寄せっていうのがあって」と言うと、そこでまた悩みが始まるんです。「何円ぐらいの、どこの会社の、どういうものがよろしゅうございますか」と。自分で決められないんです。「文庫本のどこのでもいいから」って。「いや、どこがいいですか」ってまた聞いてくる。そういう人たちはネットで季語らしきものを調べてるみたいですけど。

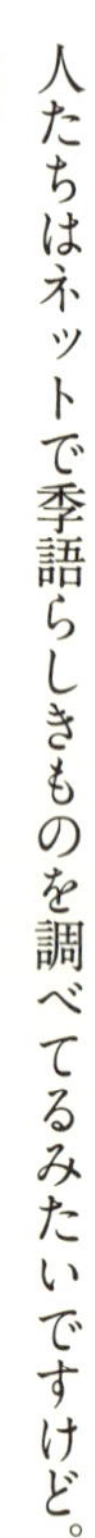
岸本 今はネットの歳時記もありますからね。

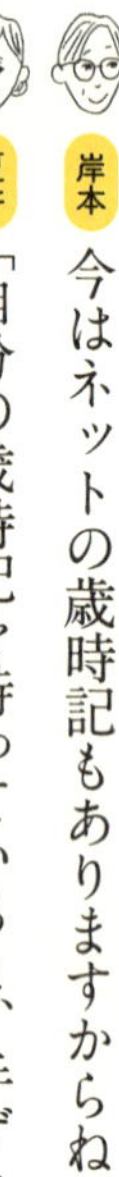
夏井 「自分の歳時記を持っていると、手ずれができていいよ」なんて一生懸命説明するけど、なかなか買うところまでいかない。カルチャー教室というのもとんでもなくハードルが高いんです。都会だと「先生の名前がいっぱいあって違いがわからない」と聞かれるので「作品を読んで、好きだと思った先生についたら？」と言っても、「作品をどうやったら読めるかがわからない」。「句集買ったら？」と言えば「いや、お金がない」「高い句集を買って、面白くなかったらもったいない」。チーム裾野ってそういう発想なので。

岸本 立ち読みするほど、書店に句集は売ってないですしね。

夏井 だから、新聞の俳句投句欄は、最初の取っかかりになるみたいです。「じゃ、タダだから新聞に投句してみたら？」ってすすめると、やってみようかなという気になる。「タダ」っていうところで一個ずつ押さえていってあげないと、本当に踏み出し

夏井さんの句帳、見せて

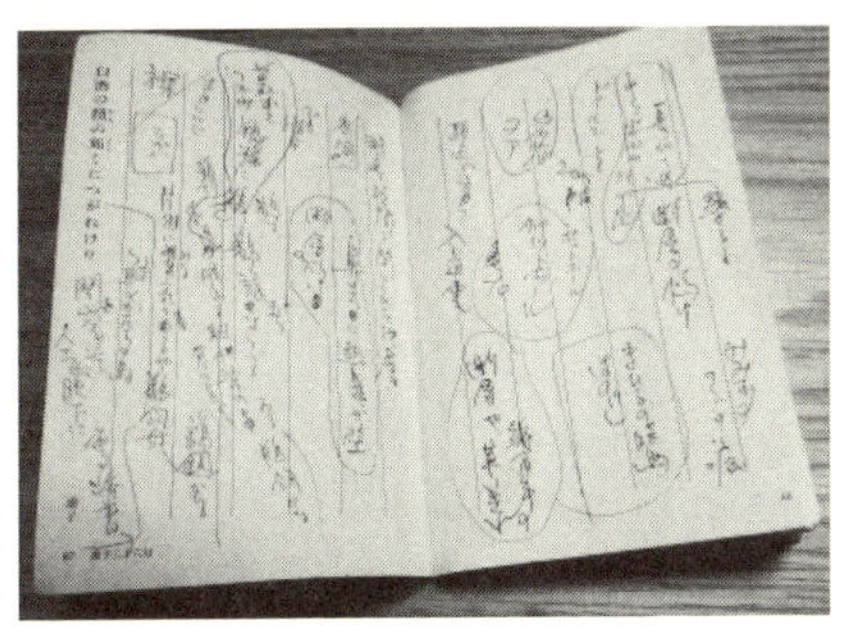

俳句の形になったものを
グリグリっと線で囲んで

季語をいろいろ
調べたメモ書きも

キシモト博士の句帳、見せて

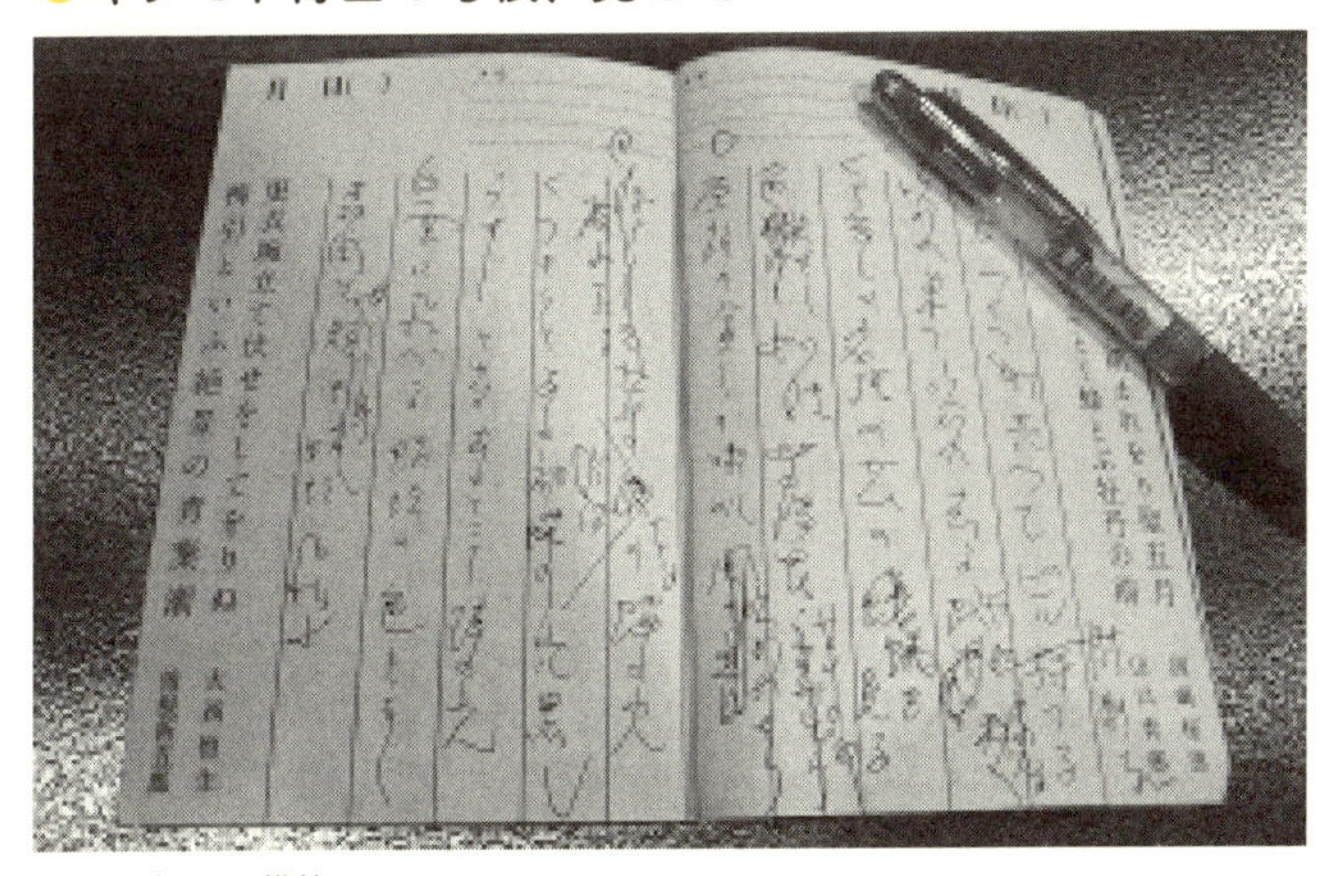

グチャグチャと推敲

てくださらないんです。

岸本　お金にシビアなのは。いわゆるコスパという部分ですか……。

夏井　いえ、自信がないんです。

岸本　失敗をするといけないので、慎重になるのでしょうか。

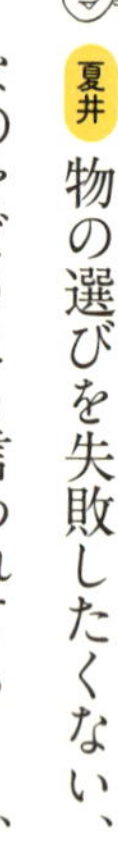

夏井　物の選びを失敗したくない、というのもあるけれど、みんなの前で、自分の下手なのをどうこう言われても……、みたいな気持ちでしょうか。

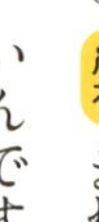

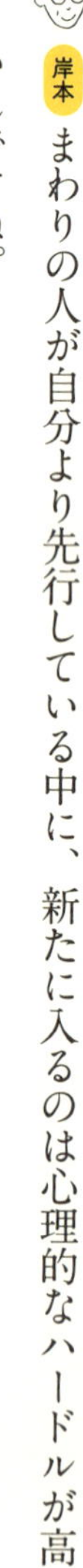
岸本　まわりの人が自分より先行している中に、新たに入るのは心理的なハードルが高いんですね。

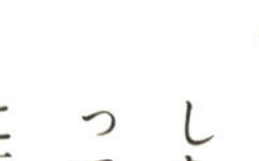
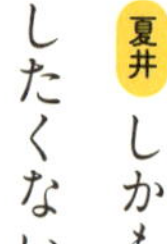

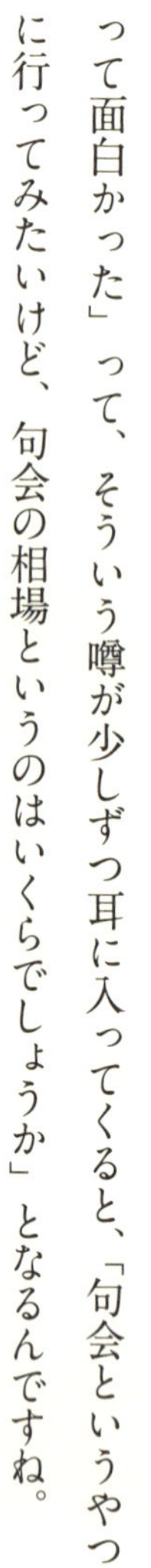
夏井　しかも、自分が本当に俳句を続けられるのかどうかがわからない段階で自己投資したくないんです（笑）。で、やっと誰かが勇気を奮（ふる）って句会に行って「わー、句会って面白かった」って、そういう噂が少しずつ耳に入ってくると、「句会というやつに行ってみたいけど、句会の相場というのはいくらでしょうか」となるんですね。

チーム裾野は常に、お金と、自信のなさと、好奇心の波に揺られる小舟みたいな状況なんですよ。励まされて、やっと句会に行ってみようとオドオドしながら申し込んだら、次に来るのが、何を持っていくのが妥当なのかという心配。さらに何を着ていったらいいのか。それこそ「訪問着でしょうか」って、そんなところに行くんですね。

岸本 スモールスタートじゃないと……。

夏井 いきなり飛び込んでくる人は、本当に勇気のある人ですよ。

そして、用語のわからなさですね。入門書読んだら「句会とは」って書いてあるでしょう？　句会とはっていうのを一生懸命活字で読んでも、一回も句会に行ったことのない人はわからないんです。意味はわかるけど、どういうことが起こるかが脳で映像化できないから、ただただ「披講はどう読むんですか」「ヒコウです」「何をするんですか」「皆さんが投句した句を選ぶんです」「どうやって選ぶんですか」とか、そのハードルもすごく高いですね。で、句会に行こうと思ったら「当季雑詠（とうきざつえい）」って書いてあるんですが、「当季雑詠って何ですか」。

岸本 「それ何ですか」みたいな（笑）。

夏井　でしょう？　俳人のみなさんは、最初に自分がわからなかったことを忘れて入門書をお書きになるから、チーム裾野の要求とのギャップがすごくあるんですよね。当季雑詠、嘱目（しょくもく）って何のこと？　って（笑）。「何、わかんない〜〜〜」みたいな（笑）。で、短冊配られて、うっかり名前書いて怒られて「えぇ〜」みたいなのとか、そういう「チーム裾野のあるある」みたいなものが「入門」の入門になるんじゃないかなって思うんですけどね。

夏井さんの俳句始め——独学でした

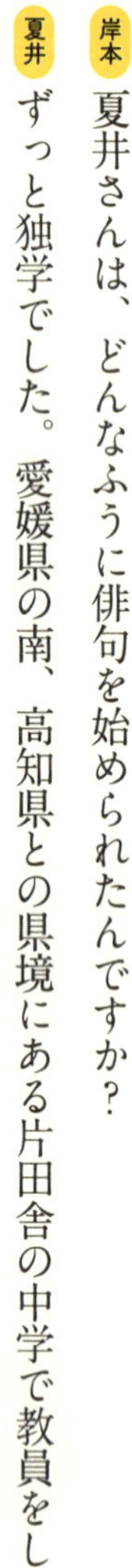

岸本　夏井さんは、どんなふうに俳句を始められたんですか？

夏井　ずっと独学でした。愛媛県の南、高知県との県境にある片田舎の中学で教員をしていたので、仕事が忙しいのもあるけど、近くの公民館の俳句教室は昼日中にやってるだけで、働く人間がやれるような場所なんてなかったです。都会のようにカルチャーにいろいろな俳句の先生がいるような町じゃないし、独学しかなかった。

だから逆に、チーム裾野としては迷う必要がなかったですね。俳句の雑誌や句集を立ち読みして黒田杏子（くろだももこ）先生を見つけて、「私、この人の弟子になる」って一発で決めて、あと楽ちんでした。迷う必要がなかったので。

岸本 その上で藤田湘子の『20週俳句入門』を読み始めたんですか？

夏井 そうです。三十歳で学校を辞めたので、そこから俳句をちゃんとやろうと思いだして。黒田杏子先生選の投句欄への投句とともに、『20週』も始めました。でも、20週より長くかかりました。月にいっぺんファックスとパソコン通信で仲間と句会をして……。20週で終わるどころか、ひと月ないし数週間に一項目を進めるスローペースでした。

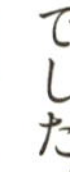

岸本 入門書を使って、仲間と一緒に勉強するという使い方もあるんですね。『20週俳句入門』は今でも書店で手に入ります（『新版 20週俳句入門』角川ブックス）。

夏井 その頃、黒田杏子先生は結社誌も持っていませんでしたが、牧羊社（ぼくようしゃ）の「俳句とエ

ッセイ」という月刊俳句誌（現在は廃刊）に若い人向けの投句欄を始めるというんで、私も投句を始めました。月に一回、七句書いて、二カ月後に投句欄の結果を見て、「えー、一番いいと思ってたのが全然アウトだ」って、よくある話ですけど、その理由を考えていました。「なんでこれが選ばれたのかなぁ」とか、先生が助詞を変えて活字になったのを見て「え、なんでこの一文字を変えたの？」とか、自分で調べられる限り調べて、月刊誌「俳句とエッセイ」についている投句用紙の裏の通信欄にレポートを書いていました。もちろん、全然返事は来ないんですよ。投句用紙の裏の通信欄というのはただのメモ欄ですから、何を書けとも書いてない。ほかの人たちは「投句する自分の句はこんな句です」と書いていたそうですが、私は、二カ月前に出して活字になった自句について考えたことをレポートしていました。

私は最初全然句会に参加できなかったので、例えば自分が七句投句したものを先生が四句採ったけど、残りの三句はなんでダメだったんだろうかっていうように、自問自答していきました。投句用紙の裏が白紙になっていたので、投句用紙の裏に、前回なんであの三句がダメだったかを自分でレポートに書く。それを読んでもらえるかどうかじゃなくて、自分の頭を整理したくてレポートを書くのが、私のたった一つの勉強だったんですよ。

　今思うに、それが句会の席でやれたのならすごく効率が良かったのにと思います。自分の思ったことや言ったことの間違ってた点が、仲間や先生の話で即座にわかるわけだから、いい仲間のいい句会に参加できるかどうかは、大きなことなんじゃないかなと思います。句会に出られる人が羨(うらや)ましくてしょうがなかったです。

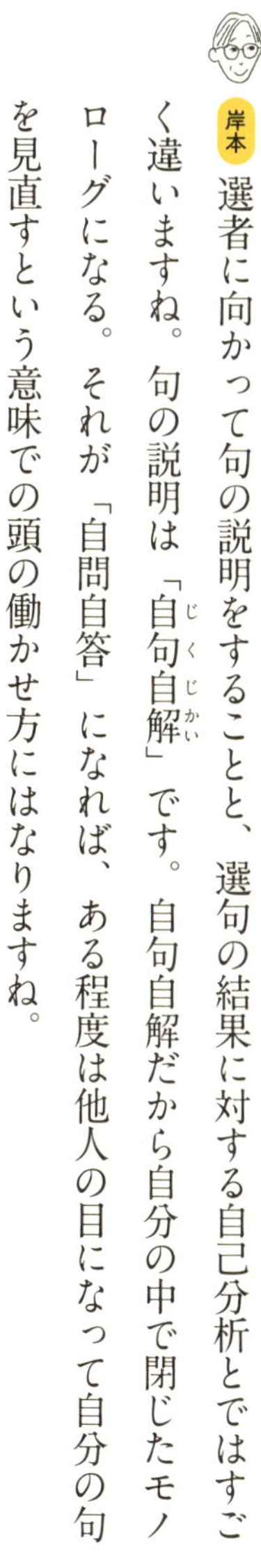

岸本 なぜその句が落ちたかを自分で考えたわけですね？

夏井 そうそう。先生に向かってというより、自分に向かってレポートを書くというか。

岸本 選者に向かって句の説明をすることと、選句の結果に対する自己分析とではすごく違いますね。句の説明は「自句自解(じくじかい)」です。自句自解だから自分の中で閉じたモノローグになる。それが「自問自答」になれば、ある程度は他人の目になって自分の句を見直すという意味での頭の働かせ方にはなりますね。

夏井　しかも、そこに一回先生の選というフィルターがある。だから、自分の句に迷うというより、なぜこの結果に私は今ぶち当たっているのかと考えた。選は先生の出した結果なんだけど、そのフィルターを通しての自問自答。この分析を続けることで、多少、自分の句に対して冷ややかな目を持つことができるようになったかもしれないなと、後になって思いました。

岸本　そのときの分析は自分の頭で考えるわけですよね。

夏井　うん。考えるのが楽しかったから。

岸本　黒田杏子先生という選者から選句というアウトプットは出るわけだけど、杏子先生の頭の中って、まあブラックボックスですね。ブラックボックスである杏子先生の選句のアルゴリズムを、ある意味では推測してシミュレーションするとか……。

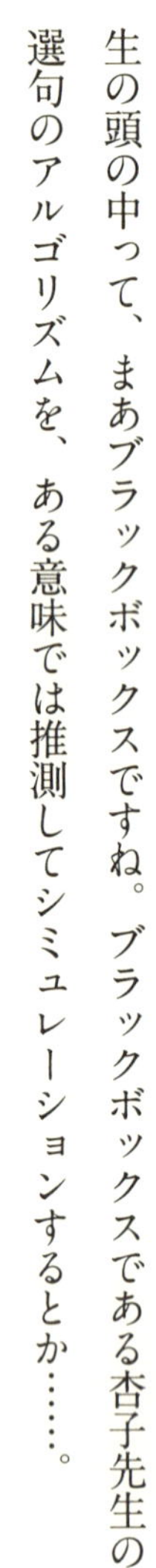

夏井　そうそうそう。

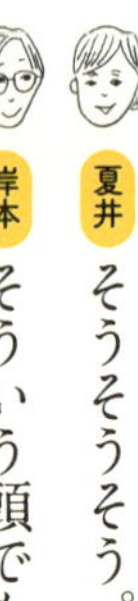

岸本　そういう頭でもって自問自答の過程を考えてらっしゃったわけですね。それは素晴らしい選者活用法だと思います。事前の予想はされましたか。この句は採られるだ

ろうとか、この句はちょっと無理かなとか？

夏井 予想じゃなくて、事前の自信（？）はあるんです（笑）。

岸本 全部いいと思ってる。

夏井 全部いいと思って出してました。まあ、一つ二つ足りないからこれ書いとくかみたいなのはともかく、全部いいと思って書くわけじゃないですか。お金払って月刊誌買って投句するわけですから。で、絶対これはいけてるなっていう句がダメになる理由が知りたくてしょうがなかったんですね。

岸本 具体的にこの表現がまずいとか、陳腐であるとか、その自問自答の中で。それとも、考えたあげく「ああ、やっぱり難しい」で終わるとか。

夏井 だいたいの傾向として、頑張った句ほど……自分が一押しだった句ほど、活字になる二カ月後に見たら、すごく陳腐であるとか（笑）、句の意味が、自分はこういうつもりで書いたんだけど、二カ月後に読み直してみたら、あ、これ違う意味にも受け取れるというのがわかったとか。二カ月っていう間隔もよかったのかもしれないで

す。それは今になって思うことですけど。

「すっげえ自信があったんですけど」みたいなことも書いて、今読んだら本当にお笑いみたいなこともあるでしょうね。しゃべり言葉でガンガン書いてたんで。杏子先生がいまだに「私の家のどこかにあなたの投句用紙が埋まってんだけどね」とおっしゃるんだけど。

岸本 （笑）例えば、「この言葉じゃなくこの言葉にすればよかった」とか、「助詞を変えればよかった」とか、そういう細かいところもですか？

夏井 先生が一部だけ添削して活字になってる、その理由を考えるのが一番面白かったかな。

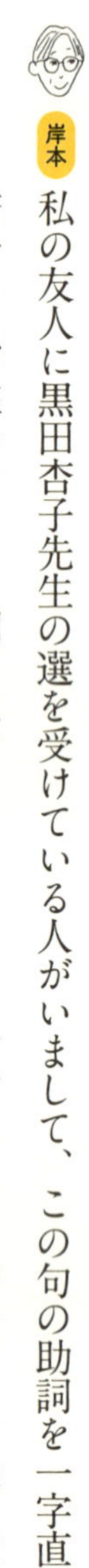

岸本 私の友人に黒田杏子先生の選を受けている人がいまして、この句の助詞を一字直して杏子さんが採ったという例を見せてもらいましたが、たしかに杏子さんの選は投句者の句を採るとき添削に見事なものがあります。

夏井 たった一字なんだけど、読んだ瞬間に「違う」っていうのだけはわかるんです。

何かわかんないけど鮮やかだっていうのはわかる。そのメカニズムが知りたかったというか、なぜ変わるのかという理由が知りたかった。「に」を「へ」に変えたことで、なんで私は今、鮮やかな気持ちで、この自分の句であったものを眺めているんだろう、と。そうすると、助詞の「に」と「へ」の働きを自分で調べたくなりますよね。知っていると思っていることを調べると、「に」にもいろんな意味合いがあってとか、「を」に至っては、え、こんな意味があるんだとか、そんなことを調べていくのが楽しかったんじゃないかな。一応国語の先生だったし、調べることは嫌いじゃなかったですね。で、まあ、それが仕事にも役立った。多少。

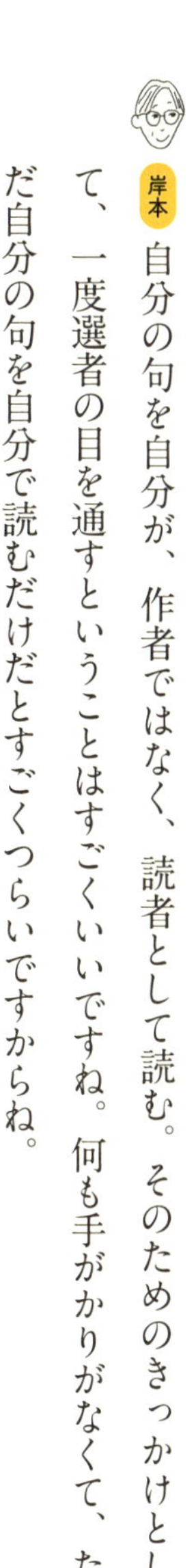

岸本 自分の句を自分が、作者ではなく、読者として読む。そのためのきっかけとして、一度選者の目を通すということはすごくいいですね。何も手がかりがなくて、ただ自分の句を自分で読むだけだとすごくつらいですからね。

夏井 つらいです。何か指標がほしいんですよね。座標軸が一つあるだけで、そこを中心に自分の句を軌道修正することができる。自分の句があらぬほうに飛んで行ったきり二度と帰ってこないのでは、切ないですからね。

キシモト博士の俳句始め――やっぱり独学でした

夏井 岸本さんはどんな感じで始められたんでしたっけ。

岸本 句会もなくて、俳句に興味を持ったのは中学生のときです。入門書は水原秋櫻子のとか富安風生（とみやすふうせい）の、歳時記は角川文庫です。自分の勉強部屋にこもってただただ大学ノートに句を書いていました。山本健吉（やまもとけんきち）の『現代俳句』や中央公論の「日本の詩歌」の『俳句集』、山口誓子の『俳句鑑賞入門』などを読み耽っていました。要するに独学ですね。

夏井 それが中学生ですか。こういう人の俳句事始めとチーム裾野とではずいぶん……。

岸本 「裾野」といってもいろいろで、今どき俳句に興味を持つぐらいの人は、人生経

験や教養も豊かでとか、『源氏物語』を学生の頃に読んだとか、そういう人も少なからずいると思うんですが……。教養のある人が馬鹿になって俳句を楽しむという面もあるかな（笑）。

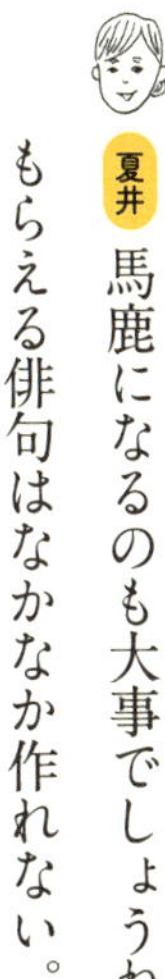

夏井 馬鹿になるのも大事でしょうね。頭でっかちでは、共感して、いいねって言ってもらえる俳句はなかなか作れない。

●俳句に才能は必要ですか？

夏井 よく聞かれる質問のひとつに「俳句に才能やセンスは要るんですか」って、あるんですけど、そんなの俳句作家になるとか、俳句でご飯食ってくとか、それなら一片の才能も要るかもしれないけど、ほとんどの人は俳句を楽しもうとしてるんだろうから、「才能なんて要らないよ。日本語しゃべれたら楽しめるんだから」と言います。岸本さんになろうとしたら才能は要りますけど（笑）、普通の人は目指さないので。

チーム裾野にもレベルがあって、中くらいの裾野と本当の裾野とはもう全然違うんですよね。

岸本 裾野のレベルという話をもう少しお願いします。

夏井 岸本少年なら「俳句したいんなら、自分の頭で考えないといけないから自分で調べよう」と考えるのでしょうが、それが通用しないチーム裾野も本当にいて。そんなんなら俳句に近寄らなきゃいいのに、近寄りたい、近寄りたいって、出たり入ったり出たり入ったりする。

私のまわりにはそういう人がすごくたくさんいらっしゃる。私がやってるのが、俳句の種まき活動――自分の人生と俳句との関係は絶対ゼロだと確信してる人たちが初めて「俳句ってちょっと面白いかも」みたいなときに種をまくような活動をしてるからなんだろうけど。だから、句会ライブ（夏井さんが考案した大勢の人でも楽しむことのできる句会の形）とかに何百人も集まってくださいますが、その九割が、「自分に俳句なんてできるわけがない、冗談じゃない」って思ってるんですよ。そういう人たちの裾野感は、本当に果てしないんです。その人たちが「才能要るんですか」って聞くわけだから、「要るわけないでしょう」って即答するんです。それが例えば「俳句甲子園に出て真剣に俳句やってます。未来の岸本尚毅になりたいと思います。俳句って才能要りますか」って聞かれたら、ちょっと考えるじゃないですか。

岸本　「岸本」はともかく、何をどう目指すかというところは……。

夏井　目指すところの違いがあるのに、「才能要りますか」と聞かれたときのこの戸惑い。

岸本　野球だと大リーガーの大谷翔平（おおたにしょうへい）選手もいれば、草野球でもユニフォームを着て投手が変化球を投げるレベルと、公園の隅っこで小さい子がプラスチックのバットで打つ野球がある。学校の体育のソフトボールでもヒットを打つ子と、球にバットが当らない子が（笑）。あるいは、歌の上手な人とそうでない人とか。でも、興味持つということ自体、ちょっとした適性はあると思うんです。

夏井　興味を持つのが才能の最初の引っかかりではありますね。それと、続くか続かな

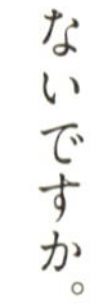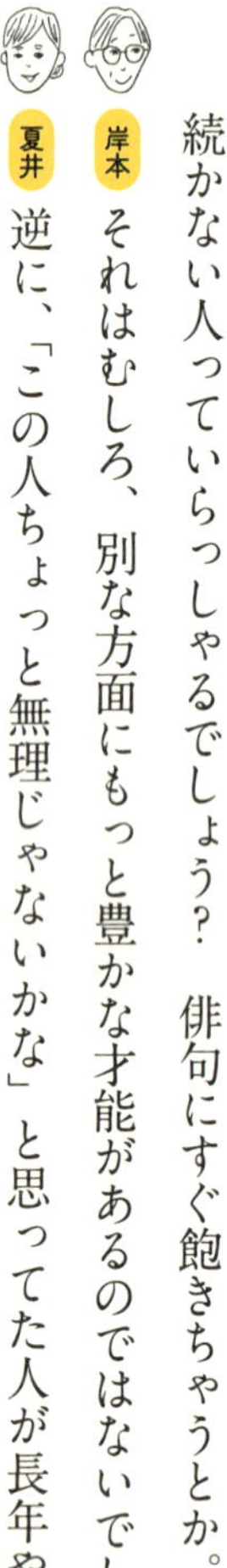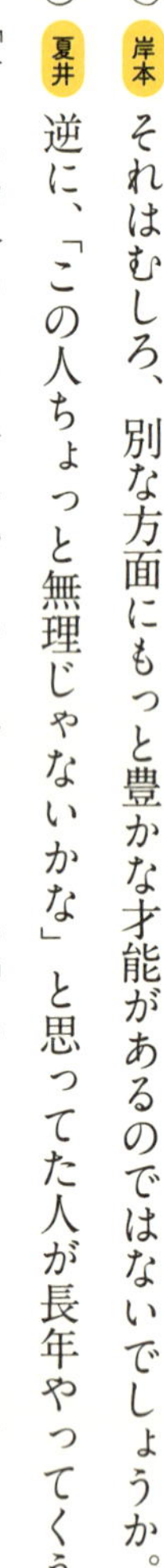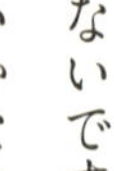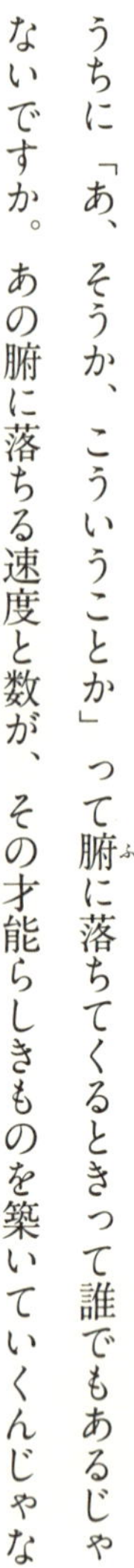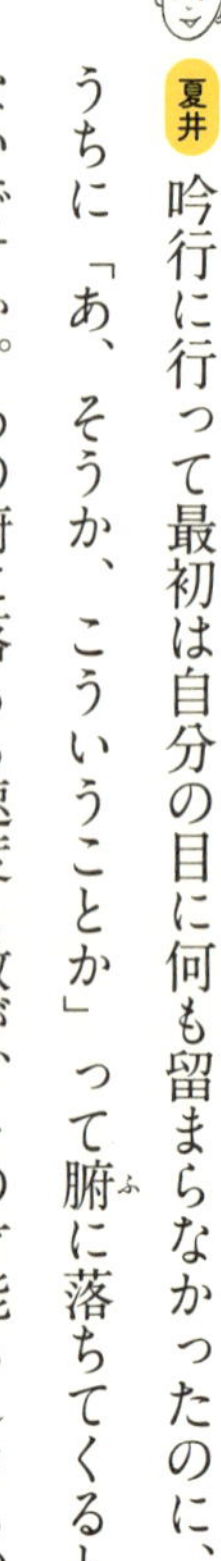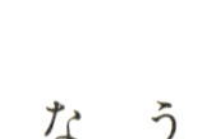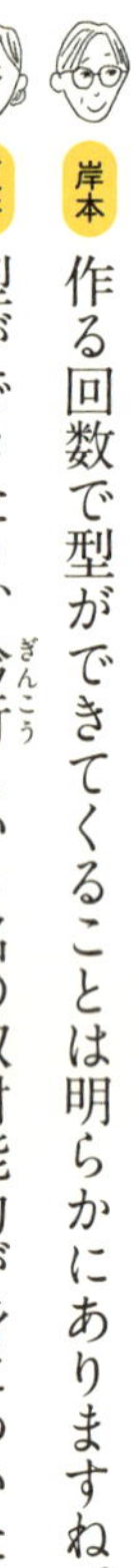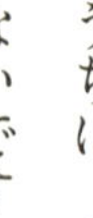

いかも才能ですね。「あ、この人の句、なんかすごいいい感じ」とか思って、結局、続かない人っていらっしゃるでしょう？　俳句にすぐ飽きちゃうとか。

岸本 それはむしろ、別な方面にもっと豊かな才能があるのではないでしょうか。

夏井 逆に、「この人ちょっと無理じゃないかな」と思ってた人が長年やってくうちに「今日の句会のこの人の句、すごい好き」とか、「え、こんなになったんだ、この爺さん」とかありますね。俳句って鍛えて何とかなる部分ってありますよね？

岸本 作る回数で型ができてくることは明らかにありますね。

夏井 型ができたり、吟行（ぎんこう）という名の取材能力が身についたり。

岸本 生涯の中で、作る句がだんだん深まっていく可能性はあります。

夏井 吟行に行って最初は自分の目に何も留まらなかったのに、仲間や先輩と行ってるうちに「あ、そうか、こういうことか」って腑（ふ）に落ちてくるときって誰でもあるじゃないですか。あの腑に落ちる速度と数が、その才能らしきものを築いていくんじゃないかなって気がしますね。

書斎派と吟行派――自分の脳細胞をあまり信じないで歩き回れるのも才能の一つ

岸本 俳句の作り方には、いわゆる吟行派と書斎派がありますよね。吟行派は文字通り、外に出て現場を見て作る。書斎派は、想像の句も含めて机に向かって作るというイメージですよね。

夏井 書斎派と吟行派の人では、私は吟行派のほうが長続きするように思います。自分とだけ向き合ってたら、自分の灰色の脳細胞以上のものは、どこをどう振るっても出て来なくなるときが来るんじゃないかなと思うんですよ。自分の脳細胞をあまり信じないで、とにかく歩き回ることを楽しめる人。眼球に何か映るとか、風が吹いて皮膚が気持ちいいとか、歩いて草の匂いが気持ちいいとか、五感が気持ちいいということを楽しめる人は、外からの情報がインプットされて、何か別のものになってアウトプットされるので、自分の内部が乏しくなっていかないというか、変な言い方ですが、入ってくるものがあるので出ていく分だけ自分を削らないで折り合っていけるというか。吟行が楽しめるというのも才能の一つなんじゃないかしら。

岸本　再生可能エネルギーみたいなものですね。日が照って風が吹く限り発電できる。書斎派の人はタンクの燃料が燃え尽きたらおしまいという部分はあるかもしれません。とは言え、私自身がそうなんですが、最初は燃料タンク型でも、燃え尽きたあとに風力型に変えることはできるんです。私は、中学生で人生経験が空っぽに近い状態で俳句を始めたので、外から入ったものを加工するやり方で四十年以上やってます。人生的な重みはないんですけど、自分なりの方法を持っておけば、後から人生的な重みが出てきたときに対応はできるんじゃないかと思ってるんですけど（笑）。

夏井　燃料タンク型の書斎派裾野は、今勇気づけられましたね。

作ることと読むことは両輪

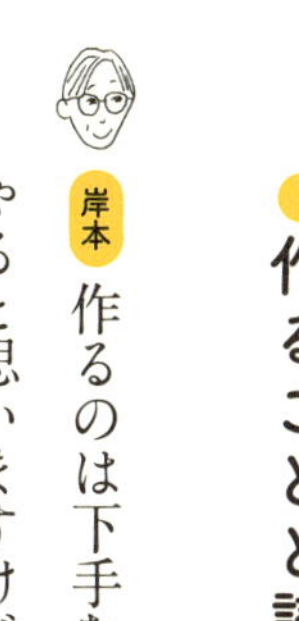

岸本　作るのは下手なんだけど読むのは上手とか、その逆とか、両方タイプがいらっしゃると思いますけど、それについてはいかがでしょうか。

夏井　読むことと作ることは車の両輪だと思っています。

作るのがうまくて読み解くのが下手な人と一緒に句会やってて、ある時期、読み解くのが急に上達する瞬間にお目にかかるときがあります。句会で侃々諤々（かんかんがくがく）やってて、最初はその人は他人（ひと）の句を読み解けないから素頓狂（すっとんきょう）な選句をするけれど、作る句はうまい。そういう人は必ずどこかで鑑賞がうまくなる瞬間がやってくる。そのとき「あ、やっぱりこの人、本物なんだ」と思うんです。

逆に、高校生でも多いんですけど、作るのは今は下手なんだけど、この子の鑑賞は聞いてるだけで私が勉強になると思うような、そういう高校生と一緒に句会やってて、急にある日、何がきっかけかわかんないけど、作ることがいきなり上手になるときがあるので、やっぱり作ることと読むことは両輪だといつも思います。

岸本 読むとか鑑賞することの上達のためには、句会での選句とか、俳句の鑑賞とかの蓄積が必要なのでしょうか。

夏井 句会でも先生の選を拝聴して終わるだけの会もありますが、いいライバルとかいい先輩と議論する句会をちゃんとやらないと、そこは絶対身につかないと思います。

岸本 議論の中で、私が作った句をほかの人は私が思ったのと全然違う読みをする。あるいは、同じ句に対して人によって読みが違うとか、そういうことを体感するんですね。

夏井 作ることと読むことの両輪を育てる最短の手段が、句会での議論なのかもしれません。

キラリと光る俳句を作るには？

(1)「オリジナリティ」と「リアリティ」が大事

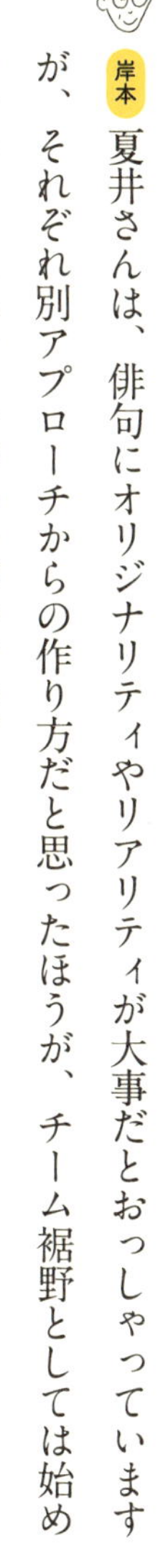

岸本　夏井さんは、俳句にオリジナリティやリアリティが大事だとおっしゃっていますが、それぞれ別アプローチからの作り方だと思ったほうが、チーム裾野としては始めやすいように思いますがいかがですか。

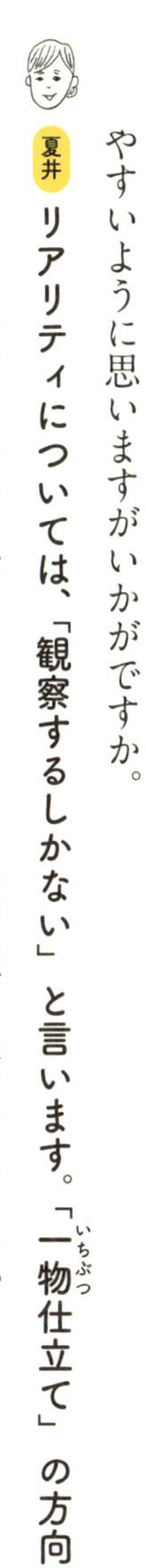

夏井　**リアリティについては、「観察するしかない」と言います。「一物仕立て」の方向**ですよね。**「取り合わせ」がオリジナリティの方向**だと考えています。

岸本　「取り合わせ」といえば、例えば**「牡丹や国のうれひに主客ある　半谷絹村」**ですね。この句は人間（国難に際して話し合う政治家？）と花（牡丹）という別のものをぶつけて一句に仕上げています。一方、「一物」というのは、例えば**「白牡丹といふといへども紅ほのか　虚子」**ですね。この句は、牡丹と何かを取り合わせたのではなく、牡丹そのものだけを詠んでいます。

夏井 この二つの方向を説明すると、「え、俳句って二つに分かれるんですか」という質問も出てきたりします。とくに学校の先生たちは、俳句は授業で教えているけど、作らせるところになったら、一物仕立てしか俳句だと思ってないんですよ。授業では取り合わせの句をいっぱい教えてるのに、子どもに「さあ、作りましょ」って言ったら、一物だと信じ込んでるんです。

岸本 **「一物仕立て」と「取り合わせ」の二つの型がある**と意識してもらう必要がありそうですね。

夏井 先生たちは、春にチューリップが咲きました、「チューリップを見て一句作りましょう」とか、夏にひまわりが咲きました、「ひまわりで一句作りましょう」とか言ってしまって、もう子どもたちは飽き飽きしてるわけです。で、先生たちは「一年生の頃は感性がキラキラしていたのに、六年生になったらダメになります」とおっしゃるんだけど（笑）、「いや、先生、そんなことないです。一物仕立てなんて、俳句やっ

てる人間だって性根を入れてかからないとできません。ひまわりの一物でみんな必死になるんですから」と言ったら、「えー?」とおっしゃる。

これが学校で俳句を教えている現実です。だから「観察が好きな子はリアリティ系、一物系が楽しいかもしれない。『観察なんて面倒だ』って言う子は、取り合わせの方向で、バラエティ、オリジナリティ、『いろんな言葉探して来ようよ』という方向で」と言うと、先生たちはやっとそこで「二つあるんだ」って納得してくださる。

一物仕立て =リアリティ　牡丹そのもので仕立てる

白牡丹といふといへども紅ほのか　虚子

取り合わせ =オリジナリティ　人間に牡丹を取り合わせる

牡丹や国のうれひに主客ある　半谷絹村

⑵リアリティは観察

岸本　観察・一物系というと、例えば**「手をあげて足を運べば阿波踊　岸風三楼（きしふうさんろう）」**とか（笑）、そういう当たり前のことをそのまま言って詩になるケースもありますね。取り合わせだと、「ひまわりやうちの母ちゃん男好き」とか（笑）……。

夏井　そうです。子どもの一物って、思いがけない方向で物を見るので、面白いものがひょっこりできるんですよ。ただ、そのひょっこりは、あくまでもひょっこりです。創作しましょう、表現しましょう、じゃなくて、ひょっこりできた偶然のラッキーみたいなのが多い。だから先生たちには「子どもたちには取り合わせから始めたほうが嫌にならないですよ。一物でいいのができたら、それはそれでみんなでお祝いしましょう」という言い方をしてます。

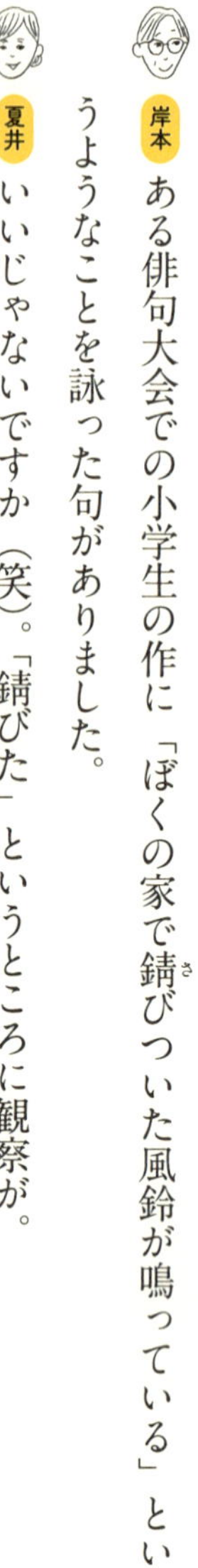

岸本　ある俳句大会での小学生の作に「ぼくの家で錆（さ）びついた風鈴が鳴っている」というようなことを詠った句がありました。

夏井　いいじゃないですか（笑）。「錆びた」というところに観察が。

岸本 年中ぶら下げてる風鈴が錆びてるんだけど、意外にいい音がするんですね。

夏井 読んだ人の中には、「いい音なんだけど、やっぱり錆びてる音なんだ」みたいなリアリティもちゃんと伝わるし、「ぼくの家」もいいですね（笑）。

(3)五音をデタラメに広げてみる。これがオリジナリティの原石

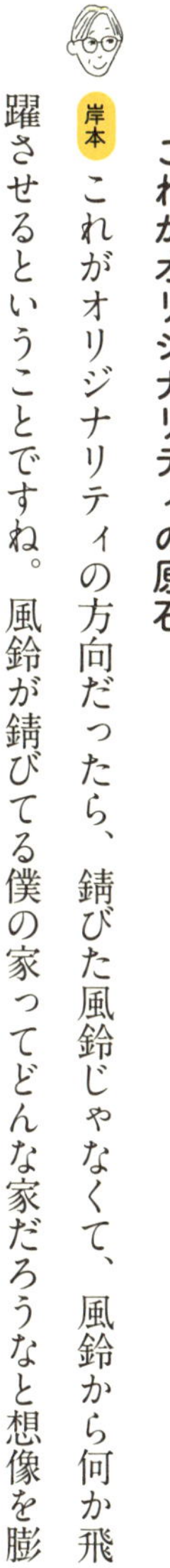

岸本 これがオリジナリティの方向だったら、錆びた風鈴じゃなくて、風鈴から何か飛躍させるということですね。風鈴が錆びてる僕の家ってどんな家だろうなと想像を膨らますと、洗濯物が干してあるとか、母ちゃんはいつもパートで忙しいとか。

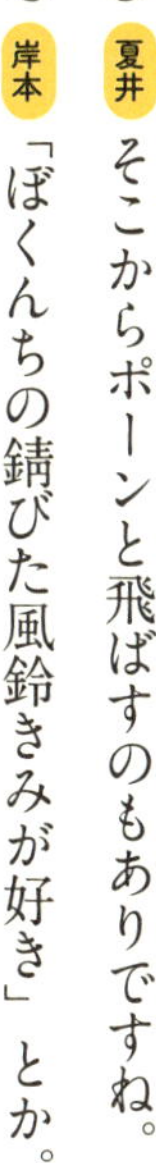

夏井 そこからポーンと飛ばすのもありですね。

岸本 「ぼくんちの錆びた風鈴きみが好き」とか。

夏井 「犬が死ぬ」とか（笑）。そういう話ですよね。

岸本 「犬が死ぬ」はすごいね。ブラックですね。「犬が死ぬ」を聞くと、もっと次の飛

躍へ行けますね。「国滅ぶ」とか……。

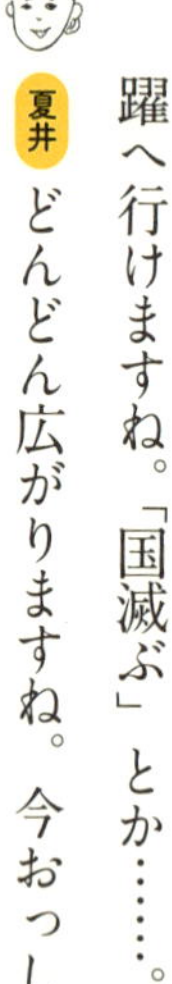

夏井 どんどん広がりますね。今おっしゃったような、一つの文章になっている俳句の下五だけ切り取って、そこから連想ゲームをどんどんやらせていって、で、連想ゲームの五音がパラパラと出てきて、「どれが面白い？」って選んでもらう。そして次に**「この五音のところを変えて、デタラメに五句作ってみましょう」**と言うと、子どもは「デタラメ」と言ったら、またやる気が出てくるんです。「デタラメでいいから」とか、「デタラメで五つ考えましょう」とか。

岸本 十二音を変えずに五音のバリエーションをデタラメに広げていくわけですね。

夏井 芭蕉（ばしょう）の「古池や蛙飛（かわずとび）こむ水のをと」の「古池」と同じです。「上五の『古池や』を取っ払って、『古池や』に代わる言葉をデタラメに五つ書きましょう」といったら、人間はどうしても連想しながら横に広げていくんです。突拍子（とっぴょうし）もなく、いきなりじゃなくて、古池の隣には茄子（なす）畑があってってそんな話ですね。で、どんどん連想が連想を呼んでいくと、どこかで言葉と言葉の距離が程よい離れ方をしている場所が出てくる。で、子どもたちは、書いているあいだは、言葉の距離という意識はないから、全部書き終わったところで、こちらから「五つめっちゃ面白いのができたね」とか言って、視点を切り替えられるように言葉をかける。書き手から、今度は読み手に脳を切り替えさせるんです。

岸本 読み手の視点になるんですね。

夏井 **「どれが一番面白い？ 書いた人の気持ちはどうでもいいんだよ。どれが一番面白いと思う？」**という聞き方をして、読み手にとっての距離感や面白さに気づかせる。本人の頭が切り替わらないときは、残りの子たちに「どれが一番面白いと思う？」と聞くと、みんなが「俺はこれが面白い」とか「それは全然意味がわからない」とか議論して、結局「これが一番面白いよね」みたいなトレーニングをやっていく。

岸本 一人だと頭の切り替えができなかったり、何が面白いのかわからなかったり、でも読み手の立場になると発想が広がりますよね。

夏井　自分だけだと頭が固まっちゃって、広がらない。

岸本　チームだといいですね。

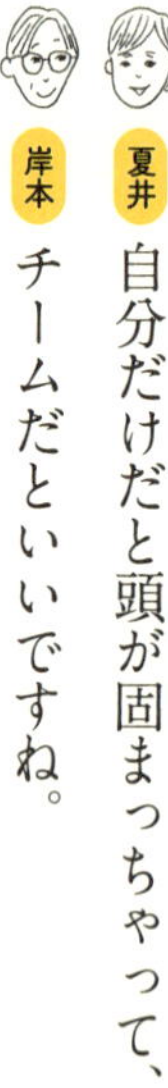
夏井　吟行もそうなんだけど、俳句手帳に自分が句をメモしてるのと同じページにある関係のない言葉が案外その句に偶然結びつくとか。

岸本　まさに偶然ですね。

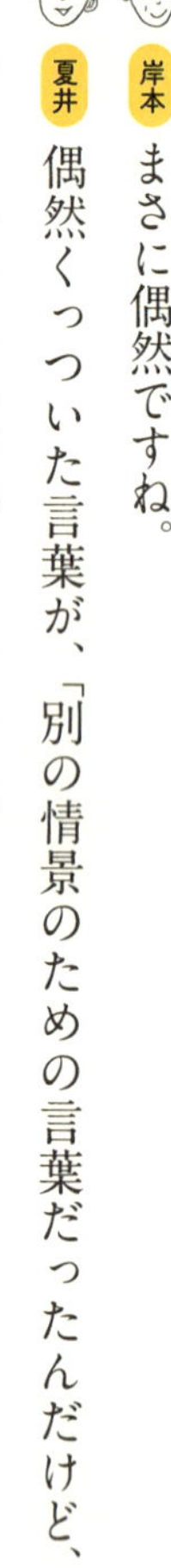
夏井　偶然くっついた言葉が、「別の情景のための言葉だったんだけど、これは面白い！」みたいなのが出てきたりする。

岸本　俳句が隣の俳句と偶然「交雑（こうざつ）」をするわけですね。雑談でもそうですが、例えば目の前に紅茶があって、「この紅茶はどこのかな」「インドだ」「死ぬとガンジス川に灰を流すんですね」とか。雑談や酒飲み話は一個一個はつながってるんだけど、出口と入り口はものすごく支離滅裂（しりめつれつ）な関係になっています。それを俳句で一瞬でできるといいですね。

⑷「音」や「映像」で発想を飛ばそう

岸本 発想の飛躍のきっかけとして「音」や「映像」という手段もありますね。

夏井 小学校四年生と五年生の子たちと句会ライブしたときに、本番前に、黒板をこする、カカカカ、というチョークの音で俳句を作る練習をしたんですよ。子どもたちは、チョークの音をよく知っています、生活に近いから。

その音を聞いたら、みんなが「チョーク」「チョーク」「教室」「教室」とか似たような言葉を書くわけ。そこで「みんな書くよ、絶対『チョーク』とか『教室』とか」って脅して、「俳句って十七音しかないから、似たような言葉を書いたら決勝に選ばれにくくなっちゃうよ」って煽るわけです。そうやって子どもたちの中に「そうか、みんなが思いそうなことじゃなくて、その次の言葉を探すんだ」という意識を練習で作っておいて、本番ではフェラーリの工場の音を流すんです。

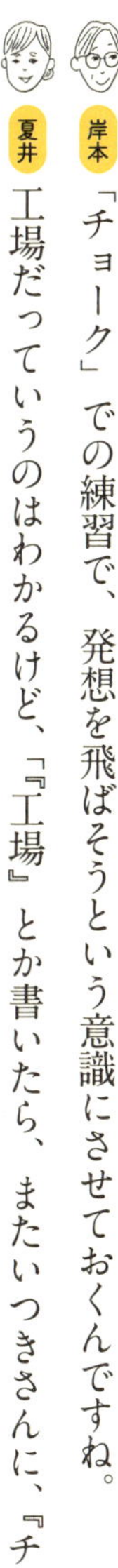

岸本 「チョーク」での練習で、発想を飛ばそうという意識にさせておくんですね。

夏井 工場だっていうのはわかるけど、『工場』とか書いたら、またいつきさんに、『チヨーク』のときみたいに『みんな書いてる』って言われるから」っていうんで、そこから子どもたち、ワンジャンプしてくれるんです「屋根裏で小人たちが何か組み立てている」みたいな方向に行くとか、「先生たちがボイラー室の機械の前で直らなくて困ってワーワー言ってる」とか、自分たちの生活の中にある想像をいろんなふうに膨らましてくれて、俳句をちゃんと作ってくれるんですね。だから、「音俳句」は、学校の先生たちがすごく使い勝手がいいって言ってくださるんです。

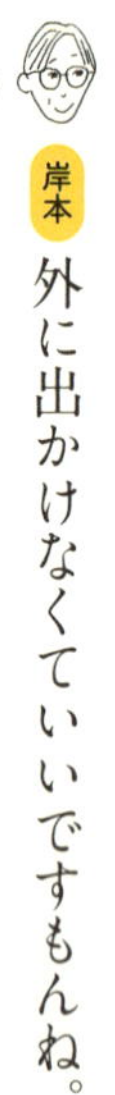

岸本 外に出かけなくていいですもんね。

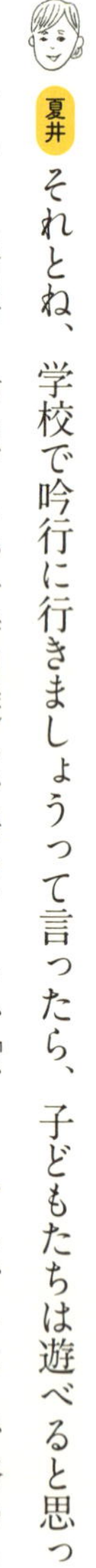

夏井 それとね、学校で吟行に行きましょうって言ったら、子どもたちは遊べると思ってろくに材料も拾わずに小一時間遊んで帰ってきて、「できませんでした」で終わるんですよ。でも「音俳句」だと教室にいながら、場所も時代も発想も飛ばしてくれる。教室の中に閉じ込もることでそういう効果が出てくる。だから、「音俳句、もっと新しい音ないですか」ってサンプルを欲しがったりする先生もいます。

岸本 「飛ぶ発想」が大事ですね。

夏井 聞いた音と全然関係ない言葉でもいいんです。「全然そんな音聞こえなかったよ」って友達につっこまれる子どもも出てくるんですけど、「でも、いつきさんが、思いついたことがあれば何でもいいって言ったから」とかって、発想を飛ばす。

岸本 「工場の音」はきっかけであって、そこから自由に離れていいわけですね。

夏井 ええ。「音」とか「映像」が今、学校で句会ライブするときに有効な手段になっているんです。だって、「写生」をしようと、いきなり初めての人に言ってもわからないし。

岸本 なるほど。この「写生」という言葉は、もともと絵のデッサンに由来しますが、実際にモノを見てそれを写し取るという意味で、俳句でもよく使われます。

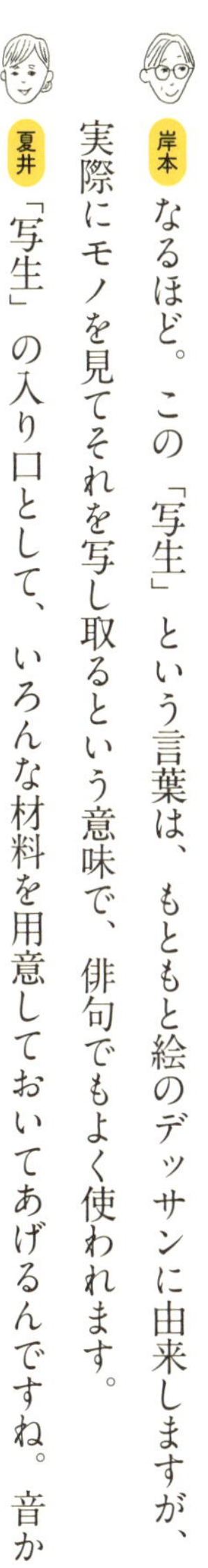

夏井 「写生」の入り口として、いろんな材料を用意しておいてあげるんですね。音から入りやすい人は音から、映像から入りやすい人は映像から入る。いろんな入り口が必要で、いろいろ試しているんです。

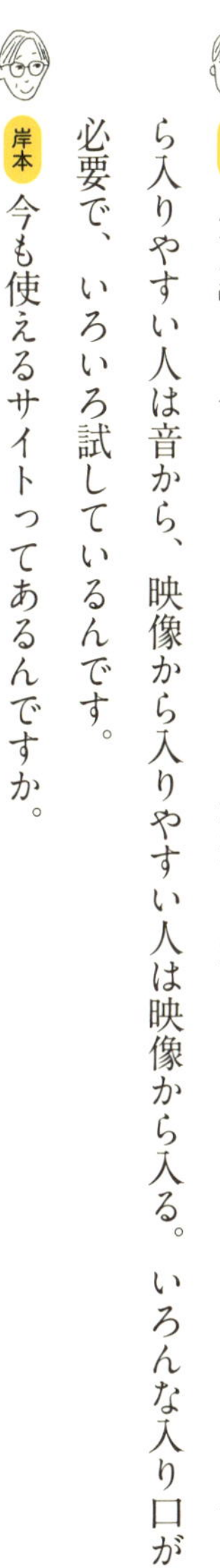

岸本 今も使えるサイトってあるんですか。

夏井　はい、映像はNHKの松山局のホームページで見られます。『四国おひるのクローバー』という番組で、そこの中で月に二回「夏井いつきのムービー俳句！」というコーナーをやっています。元の映像と、そこから発想して投句された優秀句が載っています。最初は正岡子規の句から学生たちが映像を作っていたんですよ。

岸本　句から映像をね。

夏井　句から映像を作って、その映像を見て、みんなが勝手な俳句を作る。当然似ても似つかないものになっていくんですけど、ときどき、原句の季語がそのまま復活するような句がふっと出てきたりするときもあって。映像の出来がいいときはそういうのが出てくるんですね。学生たちならではの「へんちくりん」な映像もときどき出てきて「この映像でどうやって句を作るんだよ」みたいなのもあるんですけど（笑）。

(5)「十二音のつぶやき」＋「五音」で一句。四つのステップで俳句は作れる

岸本　音俳句や、ムービー俳句では、「一句ササイズ」を提唱してらっしゃいますね。

夏井　誰でも、簡単な四つのステップを踏めば一句を作れるよ、という俳句作りの手順をエクササイズにまとめて「一句ササイズ」と言っています。

岸本　「一句ササイズ」のやり方を紹介してもらえますか。

夏井　**ステップ1、まずは単語を見つけます。**音や映像からできるだけたくさんの単語を探します。探す単語は、四音か五音、七音でもいいけど、大事なポイントは、**季語ではない言葉**であること。名詞でも形容詞でも、ありとあらゆる言葉から探して、とにかくたくさん書く。子どもたちとやるときには、子どもって数値目標があると張り切るんです。だから、「今から十五秒流れるよ。二回やるよ。十個書けたらすごい小学生だよ」って言うと、「すごい小学生」になりたくて一生懸命やるみたいな感じですね。

ステップ2、見つけた言葉のなかから五音の言葉を作ります。例えば、「教室」って言葉を書いたら「教室に」「教室は」で五音になるように助詞を一つ入れます。

ステップ3、その五音に七音を組み合わせて、十二音のフレーズに構成します。五音に組み合わせる七音だけ自分の脳で考えましょう。教室に何が見えますかとか、教

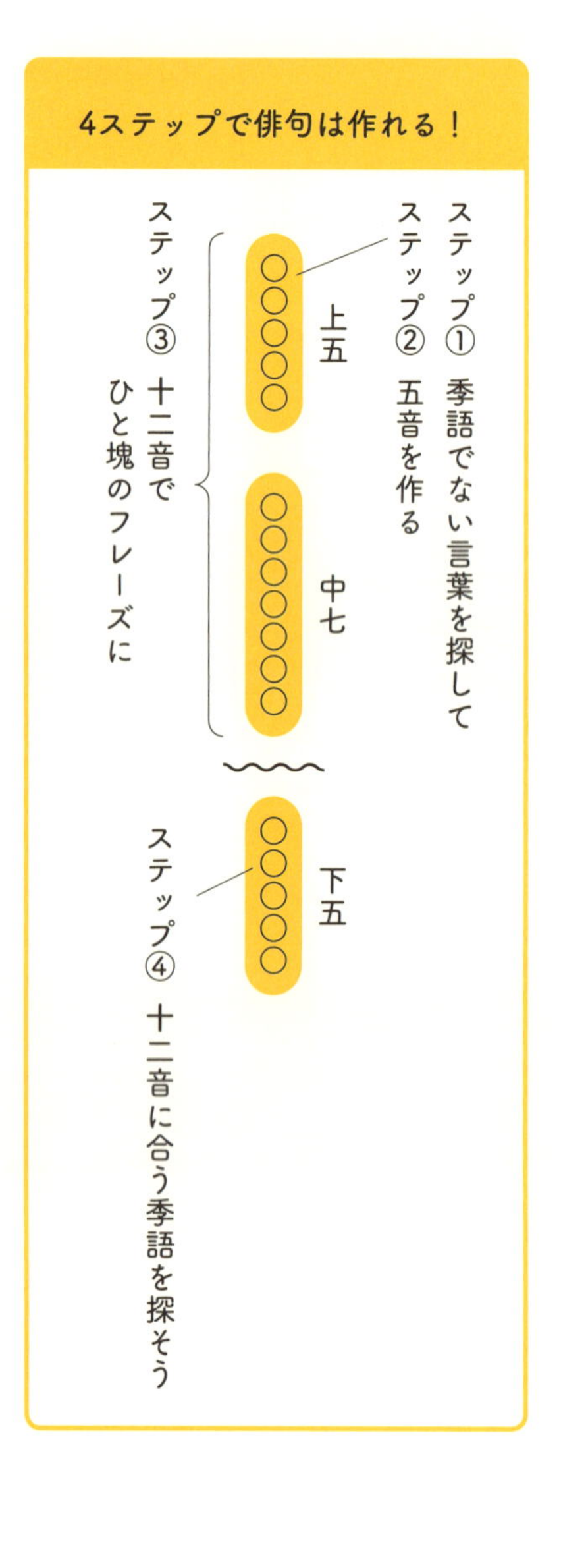

室はどんな状態ですかとか。そこまでは「俳句を作ろう」じゃなくて、「ひと塊(かたまり)のフレーズを作りましょう」という意識です。

ステップ4、フレーズに合う季語を探します。五音の季語をサンプリングしといてあげて、「あなたの作った十二音のフレーズにどれが似合ってると思う？」って決めていきます。

岸本 4ステップで、気がつけば一句が出来上がっている。

夏井 とにかく一句できればできた気になるので、そこで敷居が俄然下がるのは、どなたでも一緒なんですよ。「俳句って絶対できない」と言ってる人に、「今から言う手順で、とにかく上手下手関係なくやってみましょう。だって初めてだから、上手にできるわけないよ」と言いながら騙して、その段階を踏んで一句できれば、敷居は取っ払える。

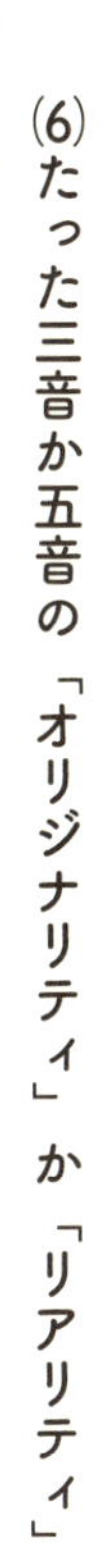

(6)たった三音か五音の「オリジナリティ」か「リアリティ」

岸本 それでとりあえず作れるようになったとき、さらに一歩前へ出るには、どんなアドバイスが必要ですか。

夏井 そこで私はいつも**「三音分か五音分のオリジナリティかリアリティ」**という言い方をします。「みんな同じようなことを書いてしまうのが俳句の宿命だけど、**同じこ**

と書くのが必ずしも悪いとは思ってないのよね」っていう話をします。

「だってみんなが思うことってそれだけ共通理解をしてもらえるという下地があるってことだから。でも、そこに三音分か五音分ぐらいのオリジナリティかリアリティがある言葉が一箇所飛び込んでくると、共通理解が土台になって、小さなオリジナリティが手に入るんだよね。**みんなが当たり前だと思う単語を一個抜いて、オリジナリティかリアリティのある言葉を入れてごらん**」

っていう言い方で、少しずつ、オリジナリティって何だろう、リアリティって何だろうとか、そういう方向に意識を誘導するんですね。そうすると、子どもたちは、「オリジナリティとかリアリティが「ああ、なるほど」とわかるようになってくる。

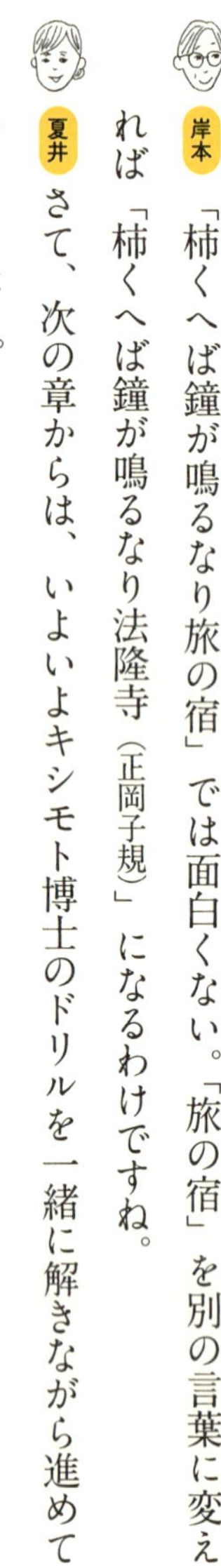

岸本　「柿くへば鐘が鳴るなり旅の宿」では面白くない。「旅の宿」を別の言葉に変えれば「柿くへば鐘が鳴るなり法隆寺（正岡子規）」になるわけですね。

夏井　さて、次の章からは、いよいよキシモト博士のドリルを一緒に解きながら進めていきましょう。

コラム 2

俳句用語一言解説

俳句には俳句特有の言葉がいくつかあります。その全てをまとめて覚える必要はありません。以下は主な言葉（例）についての一言解説です。

・**句会〈くかい〉**…俳句愛好家が自作の句を持ち寄って行なう「会」。月一回の頻度で定期的・継続的に行なうことが多い。作者の名を伏せた各自の句を相互に閲覧し、選句（人気投票）や批評を行なう。特定の指導者がいる場合と、仲間同士で行なう場合とがある。句会の過程で、選ばれた句を読み上げる行為を披講（ひこう）という。指導者以外のメンバーが互いの句を選び合うことを互選（ごせん）という。

・**季語〈きご〉**…季題（きだい）ともいう。四季を感じさせる語（例：春風、夏空、秋晴、冬山など）を俳句に詠（よ）み込むことが俳句の約束事となっている。一般には、「俳句歳時記」（何種類も刊行されている）という本に採録されているものが季語として用いられる。

・**当季雑詠〈とうきざつえい〉**…句会では、そのときの季節に合った季語を詠み込んだ句を持ち寄ることが俳人のたしなみとされる。例えば、四月の句会であれば「桜」を詠んだ句といった具合。六月の句会に「雪」の句を出すのは、そのたしなみに反することとされる。

・**嘱目〈しょくもく〉**…特定の題を決めず、身の回りにある情景を自由に詠み込んで作ること。これに対し、特定の題（例えば「梅」とか）を詠み込むことを約束事にして句を作ることを題詠（だいえい）という。

・**兼題〈けんだい〉**、**席題〈せきだい〉**…題詠（題を出して詩歌を詠むこと）のときの題には、兼題（あらかじめ出題する事前の題。宿題のようなもの）と、席題（句会当日、その場で出題。即吟（そくぎん）が求められる）がある。

・**上五〈かみご〉**、**中七〈なかしち〉**、**下五〈しもご〉**…五七五の俳句の最初の五音を上五（古池や）、次の七音を中七（蛙飛こむ）、おしまいの五音を下五（水のをと）と呼ぶ。

・**句帳〈くちょう〉**…作った自作の俳句を書き留めておくための手帳。「俳句手帳」というような商品もある。携帯に便利であることが望ましく、A6版程度の小型のノートでも十分に用が足りる。

・**歳時記〈さいじき〉（季寄せ）**…季語を収録し、解説を加えた本。四季別の分冊になっているものが多い。携帯にも便利な文庫版から、大型のものまで種々のタイプがある。

・**清記〈せいき〉**…句会において、各自が無記名で提出した俳句作品を、相互に閲覧するための「清記用紙」に書き写すこと。無記名のまま、誤記がないように丁寧に書き写す。

・**短冊〈たんざく〉**…揮毫の形態として軸や短冊、色紙などというものがあるが、そのような短冊とは別に、句会において各自が作った俳句を提出するための用紙を「短冊」という。俳句を一句、縦書きに書けるようにした細長い用紙である。特別な用紙ではなく、通常の句会では、幹事が白い紙を裁断して作った短冊をあらかじめ用意しておく。

2章

なぜ型が大切か

俳句は五七五のリズムが面白い。
指を折って文字数を数えていたものが、
五七五の形で言葉がスムーズに出て来るようになると、
俄然、俳句が楽しくなります。
この章では意図的に五七五の型を完成させる練習をします。

レッスン 1

俳句は何を表現するの？

型の練習に入る前に、俳句は何を表現するかについて、少しだけ考えてみましょう。

ドリル 1

俳句と俳句以外の五・七・五

俳句は五七五の言葉の塊（かたまり）です。
俳句とそうでないものはどこが違うのでしょうか。

- 古池や蛙（かわず）飛（と）びこむ水のをと　（俳句　松尾芭蕉の作）
- 本降りになって出て行く雨宿り　（川柳　柄井川柳（からいせんりゅう）の作）
- 飛び出すな車は急に止まれない　（標語）
- 孝行のしたい時分に親はなし　（ことわざ）
- 学問の自由はこれを保障する　（憲法第二十三条）

岸本　ことわざと標語は似ています。川柳はニヤッと笑える感じ。憲法の「学問の自由」は大切な人権です。訴えかけてくるメッセージがあります。

では、俳句はどうでしょうか。芭蕉の俳句には「蛙（かわず）」という「季語」が詠み込まれています。「古池や」の「や」は切れ字といって、俳句固有の言葉遣いです。身近にあるちょっとした自然を詠んだ句です。池がある、蛙が飛び込む音がする。ただそれだけ。以上終わり、です。この句を読んだ人は、古池と蛙と水音のことだけを考えればよい。それ以外、それ以上のことは何も考えなくていい。古池と蛙と水音だけがある空間。ただそれだけの時間。……何だかホッとしますね。

夏井　ちょっと待って。ホッとしないと思う。ただそれだけと言われても、「チーム裾野」は途方に暮れてしまう。何でかと言うと、意味、つまりメッセージを訴えかけてくる感じがしないからなんです。

私たち「チーム裾野」は何かメッセージ、つまり意味を伝えないと不安になっちゃうんです。何かの意味をちゃんと自分が伝えたから安心するんで、意味を伝えないものを「何だかホッとするでしょ？」と言われたときに、「本当にこれでいいのか？」って不安になってしまう。「俳句って本当にこれでいいんですか？」って。

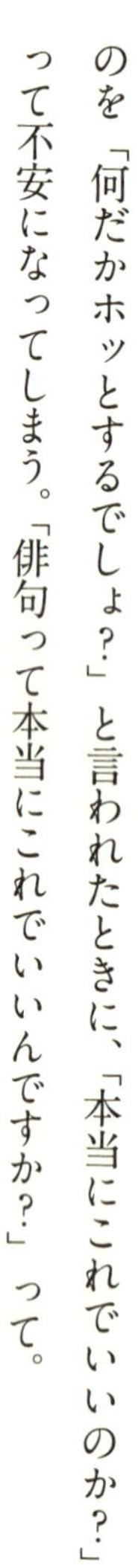

岸本 「古池や」の句には、これで芭蕉が俳句に目覚めたとか、蛙が飛び込んだのは何かの象徴であるとか、いわゆる「俗読み」があります。一方、正岡子規以降の俳人は、純粋な情景の句としてこの句を読みたかった。**「裏に意味がある俳句」から、「ただ見たままを述べる俳句」へと切り替えようとしたのが子規以降の俳句の歴史**です。大方の人がその歴史を理解しないまま、俳句に意味があるものだと思っているのでしょう。

夏井 「何か意味を伝えないと俳句じゃないんじゃないか」と思って入ってくるチーム裾野の皆さんは、「古池や蛙飛こむ水のをと」の向こうに、何か自分にはわからない、とてつもない何か……深遠な意味とか隠喩（いんゆ）とかそういうものが横たわっているに違いないって勝手に怖気（おじけ）づいてしまう。だから、「いや、これでいいんです」って言われたときの、その落ち着き所が腑（ふ）に落ちないんじゃないかな。

岸本 そこで二つの行き方が考えられる。「意味を伝える、裏の意味もある、人生観の表明になるような句」という行き方。子規にいわせればそれは「月並」なんでしょうけど、そういう句をどんどん上手に作っていくという方向。他方で、「頭を空っぽにして、見たままの俳句を作る」という方向がある。

夏井 具体的にどんな俳句か教えてください。

岸本 名句とされている句で、加藤楸邨の**「蟇誰かものいへ声かぎり」**とか中村草田男の**「勇気こそ地の塩なれや梅真白」**とかはメッセージの塊のような俳句です。一方で「古池や蛙飛こむ水のをと」のように、ただそれだけのことですよと割り切る俳句観もある。俳句には二つの面があるというふうに、まずは言ってしまったほうがいいかも。ひとくさりお説教をしないと気が済まない人とか、ああそうですかとたんたんと物を見る人とかの違い。

夏井 強引に言っちゃいますか。「説教垂れたい、理屈垂れたい、何か一言居士みたいな人は『蟇』方向に行きましょう。蛙がチャポンと飛び込んだことが俳句になるのな

ら、楽ちんじゃない？　って思う人は、『蛙』派に行きましょう」みたいな。

岸本　あなたは「蟇」派ですか、「蛙」派ですか。

夏井　そういうふうに言ってもらったら、「古池」でホッとしてない人たちは、「あ、そうか、なんか述べてもいいエリアがあるのだ」って思うし、「なんだ、蛙が飛び込んだでいいのかよ。それなら、いくらでも書けちゃうじゃないか」みたいな、俳句を小馬鹿にしながら近づいてくるような人もＯＫみたいな。

岸本　俳句甲子園の高校生も、メッセージを言いたい生徒と、客観写生的なキャラクターの生徒に分かれますよね。

夏井　はい、分かれます。すごくはっきりくっきり分かれますね。

ドリル 2

あなたは「蟇」派か「蛙」派か診断テスト

中村草田男と高野素十の句を並べてみました。似たような素材を詠んでいますが、あなたはどちらがお好きですか？

- 貌見えてきて行違ふ秋の暮　草田男
（向うから来る人の顔が見えてきてすれ違う）
- まつすぐの道に出でけり秋の暮　素十
（まっすぐの道に出た）
- 遥にも彼方にありて月の海　草田男
（はるか遠く、かなたにある月夜の海よ）
- 白浪やうちひろがりて月明り　素十
（白波が広がって、月明りであることよ）

● 降る雪や明治は遠くなりにけり　草田男

（雪が降る。明治の世は遠くなったことよ）

● 雪片のつれ立ちてくる深空（みそら）かな　素十

（連れ立つように雪片が空に現われた）

やってみよう／好きな句は？

ヒント　草田男の句のほうが、作者がこう感じた、こう思ったということをハッキリ書いてあると思います。素十の句のほうは、ただ見たまま、あるがままという感じです。

「素十の句は素っ気ない、草田男のほうが言いたいことがよくわかる」と思う人もいるでしょう。「もの言いたげな草田男の句より、たんたんとした素十の句に惹（ひ）かれる」という人もあると思います。

診断　**草田男が「蟇」派、素十が「蛙」派です。**

岸本　「蟇」派も「蛙」派も、まずは自分の持ち味を伸ばすことを考えましょう。その上で、**自分と違うタイプの作品を鑑賞し、「両刀使い」の鑑賞者としての間口を広げることを目指します。**さらにその上で、実作者として句風の幅を広げたいと思うかどうか、それはその先のお楽しみです。

※加藤楸邨（一九〇五〔明治三十八〕～一九九三〔平成五〕）「人間探求派」と呼ばれ、人間の生き方など人生、生活に関わるテーマで重厚な秀作を残した昭和・平成時代の代表的俳人。

※中村草田男（一九〇一〔明治三十四〕～一九八三〔昭和五十八〕）加藤楸邨と石田波郷(いしだはきょう)とともに「人間探求派」として並び称された。楸邨と比べ、西洋的知性を取り入れた思想性の濃い作品に特徴がある。

※高野素十（一八九三〔明治二十六〕～一九七六〔昭和五十一〕）「人間探求派」とは対照的に、思想性を排し眼前の景を即物的に詠む作風で「写生」の名手と目されている。

レッスン 2

「上五の『や』」俳句は遊んでいいんです!

ここから実際に
型の練習に入ります。
まずは切れ字の
「や」を用いて
上五を作る練習をします。

ドリル 3

「○○○○や」を自在に変えてみる

俳句は五・七・五です。芭蕉の「古池や蛙飛こむ水のをと」を例にとってみましょう。最初の五音(「古池や」)を「上五」、真ん中の七音(「蛙飛こむ」)を「中七」、おしまいの五音(「水のをと」)を「下五」と言います。「古池や」の「古池」を別の言葉に替えて別の句を作ってみましょう。

やってみよう/「○○○○や蛙飛こむ水のをと」

ヒント たとえば、同じく芭蕉の**「閑（しずか）さや岩にしみ入（いる）蝉の声」**を真似て「閑さや蛙飛こむ水のをと」にするとどうでしょう。シーンとした池の水面に、ポチャンと一匹、蛙が飛び込んだという趣（おもむき）です。もっと突飛な例も考えてみましょう。

解答例

閑さや　空腹や　失恋や　夕暮や

夏井 「〇〇〇〇や」の「〇〇〇〇」に、これ何でもありで何でもやれるっていう一種の遊びですよね。

岸本 そうです。

夏井 でも、芭蕉様の名句をそんな扱いをしてもよいのかと恐れ入る人もいると思う。「本当にいいんですか。こんな言葉遊びを楽しんでも罰（ばち）は当たらないんでしょうか」と。でもね、俳句って、もともと一種の言葉遊び。チーム裾野よ、「みんなで遊ぼうぜ！」ですよね。

岸本　芭蕉の句の、どこがどう素晴らしいかを説明しようとすると難しい。「古池や」の「や」がこの句のキモであることは間違いない。「古池や蛙飛こむ水のをと」と「古池に蛙飛こむ水のをと」との違いは絶大です。

　ポチャンをきっかけに幻の「古池」が心の中に立ち現われてくる。そう鑑賞すると、決して平板なだけの句ではないことがわかります。このような読みは、「〇〇〇〇や」が「や」で切れる、そこに断絶があることを強く意識したものです。

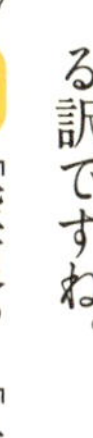

夏井　「〇〇〇〇や」を埋めていく遊びの中で、上五の「や」で断絶する感覚を体感する訳ですね。

岸本　「空腹や」「失恋や」のように、**まず驚いたことや心に残ったことに「や」をつけていくと、**面白い上五が見つかるかもしれません。

コラム 3

古池や蛙飛こむ水のをと

芭蕉の弟子の其角(きかく)という俳人が、師の芭蕉に対し「蛙飛こむ水のをと」の上五を「山吹(やまぶき)や」としてはどうかと提案しました。さきに中七下五があって、そのあとに「上五」をどうしようかという発想です。

晩春に山吹の花が咲く頃、そのへんで蛙の飛び込む音がする。山吹はどこに咲いているのか。蛙はどこにいるのか。その答は句に書いてありません。読者が想像するしかありません。

山吹の花が咲いている空間がある。蛙のいる空間がある。蛙の飛び込むところを見たわけでなく、ポチャンという音を聞いて、あれは蛙だろうと想像している。山吹の咲く空間と蛙のいる空間はもともと別の空間です。二つの別な空間が一句の中に同居しています。このため「山吹や蛙飛こむ水のをと」は、一枚の絵としては思い描きにくいところがあります（なお、「万葉集」以来、蛙と山吹を詠み込んだ和歌が知られており、蛙と山吹は詩歌の伝統の中では常識的な取り合わせと考えられています)。

このように、山吹と蛙という別個のものを一句に並べる作り方を「取り合わせ」「配合」などと言い、重要な俳句の技法です。

芭蕉は「山吹や」を採用せず、「古池や蛙飛こむ水のをと」としました。山吹より古池のほうが地味です。池と蛙の取り合わせは面白くもなんともない。池、蛙、水の音というこの句のどこが面白いのでしょうか。

俳人の長谷川櫂(はせがわかい)さんは芭蕉の「閑さや岩にしみ入蟬の声」を例に次のように述べています。

俳句ではものごとが起こった順番どおりに言葉が並んでいないことがよくある。まず驚いたことを頭にもってくる。この句の場合、それが「閑さや」である。続けてそのきっかけとなったものを添える。それが「岩にしみ入蟬の声」だった。(略)

古池の句も「閑さや」の句と同じ順で言葉が並んでいる。芭蕉は蛙が水に飛びこむ音を聞いて心の中に古池を思い浮かべた。発生の順番はまず蛙が飛びこむ音がして、次に古池が心に浮かんだ。しかし、句の言葉の順はその逆である。（『古池に蛙は飛びこんだか』中公文庫、傍点引用者）

ポチャンをきっかけに幻の「古池」が心の中に立ち現われてくる。そう鑑賞すると、決して平板なだけの句ではないことがわかります。このような読みは、「○○や」が「や」で切れる、そこに断絶があることを強く意識したものです。

また、長谷川櫂さんは、家の裏の沼でときどき蛙の飛び込む音がする。その様子を眼前に見ているわけではないが、そこに蛙が生息していることは知っているので、ポチャンという音がしたら、あれは蛙が飛び込んだのだと察しがつく。その音に触発されて、心の中に「古池」が見えてきた――と、この句を解釈しています。

ドリル 4

高配当「ピンポイント」な言葉を探そう

「古池や」の句のように、はじめに中七下五があって、後から上五を考えるという作句の手順は、芭蕉の頃からありました。「○○○○や」を埋めてみましょう。

やってみよう／「○○○○や雪つむ上の夜の雨」

ヒント

「雪つむ」とは「雪が積む」「雪が積もる」。雪が積もったその上に「夜の雨」が降っている。夜になって雪が雨になった。冷たいながら、いくぶんしっとりとした情緒があります。

元の句は、芭蕉の弟子凡兆(ぼんちょう)の**「下京(しもぎょう)や雪つむ上の夜の雨」**です。「下京」は、京の中でも商家の多い地域です。「雪つむ上の夜の雨」と「下京」が結びつくと、雪が雨になる寒さの緩みと商家の燈火の情景とがあいまって、蕪村(ぶそん)の「夜色楼台図(やしょくろうたいず)」のような、ぬくもりのある風情が感じられます。

ここで注目したいのは**「下京」がピンポイント**だという点です。カジノのルーレットに譬(たと)えるとわかりやすいでしょうか。0から36までの数字の書いてある円盤を回し、玉がどの数字の上に止まるかを賭けるギャンブルです。奇数や偶数、赤や黒に賭けると賞金は二倍ですが、ピンポイントの数字に賭けて的中すると賞金は三十六倍です。

「雪つむ上の夜の雨」の上五には無数の答えが考えられますが、その中で「下京」はものすごく倍率の高い賭けに勝ったようなものだと思います。

解答例

ふるさとや　なつかしや　酒酌(く)むや　門前や

夏井 「下京や」っていわれたら、「ほう、なるほどな」とは思うんですよ。では「なんでこれが『上京（かみぎょう）や』じゃダメなの?」みたいな、「下京や」のピンポイントがどこか知りたい、とチーム裾野は言う。

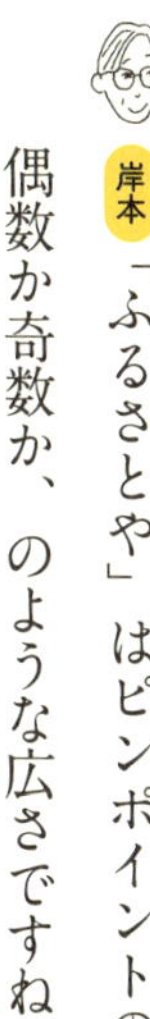
岸本 「ふるさとや」はピンポイントの反対ですごく間口が広いですね。ルーレットの偶数か奇数か、のような広さですね。

夏井 「ふるさとや」を、ルーレットに当てはめたら、はずれはなさそうだけど、すごく配当が少ない句になっちゃうってことですね。

岸本 「配当が低い」はいい譬えですね。

夏井 配当が高い上五を探すっていう考え方は、この譬えでわかりやすいなという気はします。

岸本 **「ふるさとや」は良く言えば無難。悪く言えば当たってもたいしたことはない。一方「下京」は、うっかり外したら配当ゼロかもしれない。**「ふるさとや」から「下京や」へ間口を絞ってゆくときの狙いどころをどう考えればいいか、がポイントです

ね。

夏井 「ふるさとや」はぼんやりしてますよね。でも、「門前や」になると多少、門前町の感じが見えてきますよね。「酒酌むや」といったら、実際に酒を酌み交わしている場面が出てくる。

岸本 「雪つむ上の夜の雨」には寒さが緩む、ぬくもりの感覚があります。そこに、「門前や」や「酒酌むや」が付くと景が具体的になってくる。地理的な切り口でそこのところを絞ってゆくと、たとえば、京の街なら上京でなく下京でしょう、というような道筋が見えてきます。

夏井 これがピンポイントなんですよね。

岸本 もちろん、下京のほうが下町の風情などというのは、後付けの理屈ですけど(笑)。

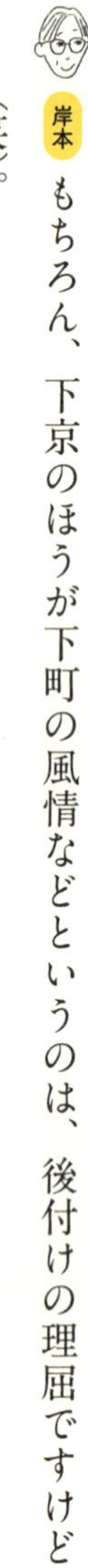

夏井 後付けでも、そういうことを言ってもらうと、チーム裾野は、ピンポイントという意識の流れに少し寄り添えるかなという感じはしますね。

ドリル 5

時間も場所も飛び越える

次の句は近代（明治以降）の作品です。事柄、地名、人物……何でも「や」をつけてみましょう。

やってみよう／「〇〇〇〇や朝寝十分大股に」

ヒント

「朝寝」は春の季語。文字通り、朝ゆっくりと寝ること。「朝寝十分」とはたっぷりと朝寝をしたのです。「大股に」とは文字通り、大股に歩いている様子。機嫌よく起きて来たこの人物を、「〇〇〇〇や」でさらに具体化すると句が出来上がります。例えば、「公園や」ならば、朝の散歩のイメージですね。あるいは「先生や」でも人物が浮かんできます。
元の句は「**院長や朝寝十分大股に　夢筆**」です。「○○院」という施設は「病院」以外にもありますから、さまざまな「○○院」を想像して鑑賞することも読者の自由です。

解答例
婚活や　通院や　スペインや　恐竜や　信長や

夏井 **事柄**でも言えますよね。「婚活や」。今日は気合入れて集団見合いに行きます、みたいな。

岸本 あるいは「通院や」(笑)。

夏井 自分自身のことなら「洗濯や」とか。自分の**行動を名詞にして**放り込めばいい。「リハビリや」でもいいですね。高齢化系の「リハビリや」「通院や」もあれば、片一

方に「婚活や」「合コンや」とか。そこまで遊んじゃってもいいってことですね。あとは、**地名**？「新宿や」とか「湯煙や」とか。「スペインや」とか「ロンドンや」とか。**実体を変える**こともできます。「恐竜や」とか。恐竜が起き上がって朝寝十分で、「何か食いに行こうかなぁ」みたいな。**時間軸も空間軸も上五だけでありとあらゆるところにぶっ飛ばすことができる**ってことですよね。

岸本　「信長や」「カエサルや」「トランプや」でもいい（笑）。

夏井　このあいだの句会ライブで小学生がトランプ大統領の句を作ってましたね。時空を飛ばす俳句の力ってすごいですね。これだけ遊んだら、「古池や」で遊んでもいいんだという気分にはなりますね。

岸本　「朝寝十分大股に」を「昼寝足らずにしょぼしょぼと」とする手もあります。

夏井　ああ、**逆向きに言う**。作者名を知らない、あるいは元になった句を知らないなら、畏（かしこ）まらずに遊べることをここで認識して、「何々や」という型の力を知るってことですね。

レッスン 3

上五を作ろう。「や」あり・「や」なし

ここでは「や」を使わない形も含めた上五の練習をします。

ドリル 6

ウンチ俳句もありなんです

左の句には季語がありません。上五に季語を入れてみましょう。

やってみよう／「○○○○○旅に下痢する弱法師」

ヒント

「弱法師（よろぼうし）」はお能の演目「弱法師（よろぼし）」ではなく、弱々しい足どりで歩くお坊さんという意味です。旅先の水が合わなくて腹を下したお坊さんですね。大昔なら旅先での腹下しは命取りになったかもしれません。現代にひきつけるなら、不慣れな海外出張を命じられたひ弱な男がどこかの途上国で体を壊して心細い思いをしている、というイメージも可能でしょう。弱々しく、もの悲しい人物像をどのように演出するかが上五の考えどころです。

元の句は、僧・喜笛の「**月青し旅に下痢する弱法師**」。大正八年の句です。青白い月が法師の顔を照らしている。青白い顔をして、たよりない腹をさすりながらわが身と旅の行く末を案じているひ弱な法師に、月の青さをぶつけて秀逸です。

解答例

桜散る（春）　汗も出ず（夏）　茸（きのこ）食うて（秋）　雪深し（冬）

夏井 「下痢」も「弱法師」という人物が設定されると、めっちゃおかしいですね。

岸本 諸国一見の僧は健脚のイメージがあるんだけど、この坊さんは息も絶え絶えで、じゃ、上五に何を付けましょうかという話です。

夏井 腹下しをしたお坊さんの苦しさを思いやれる季語ならなんでも合いそうです。それにしても、俳句に「下痢」を入れてもOKだという、そこですよね。「古池や」に畏まっちゃうチーム裾野たちは、「え、『下痢』いいの?」みたいに驚いてしまう。

岸本 **「秋風や痢してつめたき己が糞　飯田蛇笏」**という句があるんです（作者の飯田蛇笏は大正から昭和にかけての大俳人）。

夏井 かの蛇笏先生も……

岸本 「痢してつめたき己が糞」ってものすごく格調高いでしょう。

夏井 こういうの見たら、「旅に下痢する○○○○○」っていう句も作りたくなりますね。

岸本 「弱法師」という、お能の演目にもある雅やかな言葉と「下痢」とが一句に同居

している、そのエネルギーがすごい。

夏井 弱法師が風雅だから「下痢」でもOKなのかと思えば、そうではない。風雅だけじゃなくて、蛇笏先生の句のように「秋風や」で格調のあるウンチの句もある。

岸本 佐藤鬼房（さとうおにふさ）の**「夏草に糞放（ま）るここに家たてんか」**なんて句もあるんですね。

夏井 俳句ってなんでもありなんです。

岸本 ウンチ俳句のコーナーもできますね（笑）。

ドリル 7

下五の人物を変えると、上五はどう変わる？

「旅に下痢する」人物が変わると、
たぶん自動的に上五の季語が変わります。
下五→上五の順に○○に入る言葉を考えてみましょう。

やってみよう／「○○○○や旅に下痢する○○○○○」

解答例

ナポレオン→大雪や　女形→こうもりや　盲導犬→たんぽぽや

岸本 例えば「旅に下痢するナポレオン」だったら上五はどうしましょうか。

夏井 ロシアの冬?

岸本 「大雪や」とか。島にも流されましたから、海でもいいわけですね。「夏潮や」とかね。

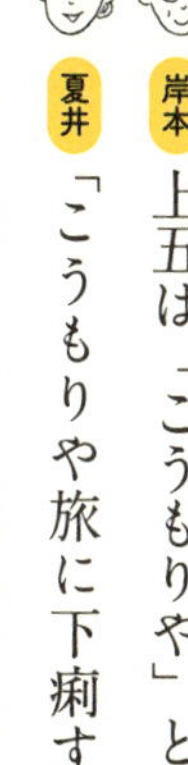
夏井 いや、なんか切ないな、「夏潮や旅に下痢するナポレオン」。ほかには、「旅に下痢する女形」。今、梅沢富美男（うめざわとみお）がよぎっただけなんですけど。

岸本 上五は「こうもりや」とかね。

夏井 「こうもりや旅に下痢する女形」。えー、それ怖い。あと、「旅に下痢する盲導犬」。困りますよね、盲導犬に下痢されたら。どっちもが困りますよね。

岸本 「盲導犬」だと、道端感が出ますね（笑）。上五は「ひまわりや」はちょっと違うかな。「たんぽぽや」なんて悲しいかもしれないね。

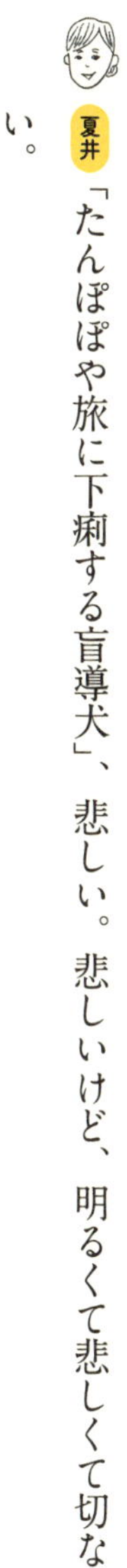
夏井 「たんぽぽや旅に下痢する盲導犬」、悲しい。悲しいけど、明るくて悲しくて切ない。

岸本 ちょっと悲しい感じに明るい上五を置くと、ワッと景色が広がっちゃう、悲しさが倍増、そういう感じですかね。

夏井 黄色の明るさ、春の喜びなんだけど、合体させてみると悲しくて切ないですね。

岸本 これ、たとえば「コスモスや」より「たんぽぽや」のほうがいいんですね。

夏井 「コスモス」って背丈が腰ぐらいまであるじゃないですか。下痢が見えない（笑）。

岸本 抽象的な「行く秋や」だと広がり過ぎちゃう？

夏井 広がり過ぎますね。それと、「行く秋」に感情が入ってしまうから、下痢している状況と「行く秋」に入ってくる感情とがお互いを殺し合うというか、バッティングするんじゃないかしら。

岸本 **「行く秋」は配当が低いですね。ピンポイント理論で言えば「たんぽぽ」のほうが倍率が高いですね。**

夏井 「コスモス」よりさらに上にあるものならいいだろうとの発想で、例えば「葉桜や」。でも、ピンと来ないですよね。

岸本　小さいほうがいいんでしょうね。「盲導犬」の犬の大きさに合わせて……。

夏井　なんで「葉桜」がしっくり来なかったんだろう。チーム裾野はそれが知りたいんです。「なんで『たんぽぽ』がいいのかその違いを教えてくれ」って感じで。

岸本　**「盲導犬」の情けない顔が見えてくるわけですよね、映像として。だから、どうしても句が「接写」になる。「葉桜」を背景にしちゃうと犬の姿が小さくなりますね、絵にしたときに。**

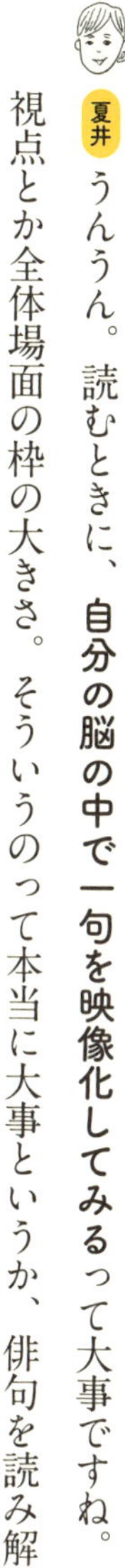

夏井　うんうん。読むときに、**自分の脳の中で一句を映像化してみる**って大事ですね。視点とか全体場面の枠の大きさ。そういうのって本当に大事というか、俳句を読み解くときの取っ掛かりとしては、ねえ。

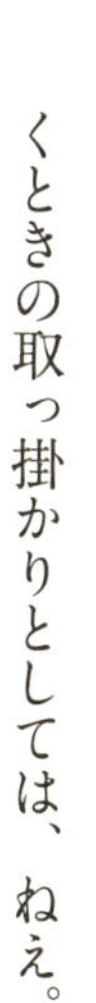

岸本　カメラでいうとレンズの画角、ワイドのレンズで見ているのか、ちゃんと望遠で見ているのかとか、それによってだいぶ変わってくる。

ドリル 8

上五からのアプローチ「旅」と「下痢」から付かず離れずの連想

次は、上五→下五の順番で考えてみましょう。
「旅」と「下痢」から離れないように気をつけましょう。どんな言葉が入るでしょう。

やってみよう／「○○○○や旅に下痢する○○○○○」

解答例

卒業や→佐藤君　炎天や→特派員　風鈴や→セールスマン

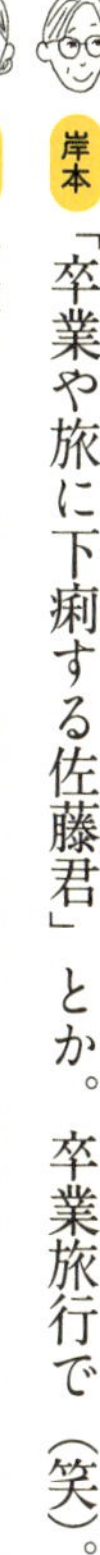

岸本　「卒業や旅に下痢する佐藤君」とか。卒業旅行で（笑）。

夏井　（笑）。そうですね。「旅に下痢する佐藤君」の上五が「卒業」なら若い佐藤君ですし、「退院や」なら同級生の佐藤君がやっと退院したとか。上五と下五が密着し、連動してる関係なんですね。「旅」という状況が案外大きな力を持っているってことですね。

岸本　そうですね。「旅」と「下痢」という組み合わせで、ほぼすべてが決まっている。

夏井　「下痢」だけならもっとやれるけど、「旅に下痢する」というところがね。「旅」が限定しているというか。

岸本　「旅に下痢するセールスマン」なんて、現代だったらあるかもしれませんね。夏の暑いときに「焼酎や」だと、焼酎の飲み過ぎになっちゃいますね（笑）。もう少し離れたほうがいいな。

夏井　うん、飲み過ぎて腹を下した意味になってしまいますね。……「旅に下痢する特派員」にして、世界中動ける状況にする？　氷の海の「氷海（ひょうかい）や」とか。暑い砂漠で

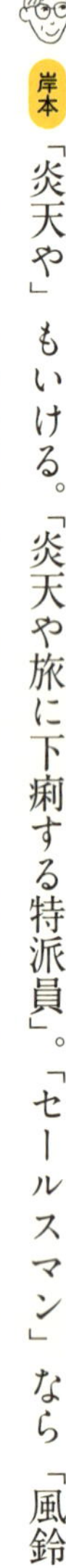

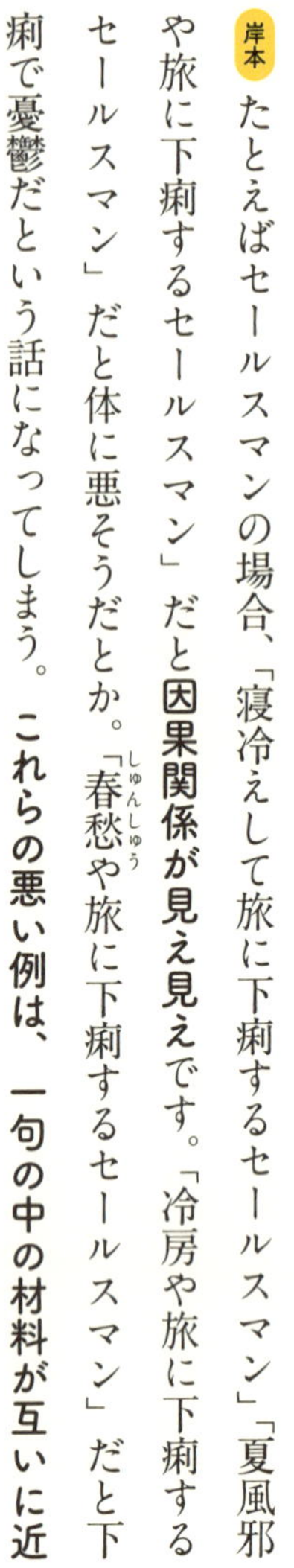

「熱砂（ねっさ）ゆく」とか。

岸本　「炎天や」もいける。「炎天や旅に下痢する特派員」。「セールスマン」なら「風鈴や」もあるかな。「風鈴や旅に下痢するセールスマン」って。

夏井　いいですね、「風鈴や」。

岸本　季語の相性というんですかね、「特派員」と「炎天」は「カイロ支局の○○特派員」ですね。「風鈴」と「セールスマン」は安宿に泊まってるんですかね、場末の。

夏井　よく入門書に「付かず離れずがいいです」って書いてあるけど、「その付かず離れずがわかんないんだよ」って離れていく人が多いので、そういう説明が欲しいですね。

岸本　たとえばセールスマンの場合、「寝冷えして旅に下痢するセールスマン」「夏風邪や旅に下痢するセールスマン」だと**因果関係が見え見え**です。「冷房や旅に下痢するセールスマン」だと体に悪そうだとか。「春愁（しゅんしゅう）や旅に下痢するセールスマン」だと下痢で憂鬱だという話になってしまう。**これらの悪い例は、一句の中の材料が互いに近**

すぎてイメージがそれ以上膨らんでいかないんですね。その逆に「向日葵（ひまわり）や旅に下痢するセールスマン」では向日葵とセールスマンの関係があまりにも意味不明で、糸の切れた凧（たこ）のようにその句がどこへ向かおうとしているのかが見えない。たとえば「秋の蚊や旅に下痢するセールスマン」だと、フーテンの寅（とら）さんが泊まっているような安宿で体を休めていると、秋の蚊が飛んできて、何となく無聊（ぶりょう）な気分が出て来る。**一句の中の材料と材料との間の距離感をどう取るかのほどよいさじ加減が「付かず離れず」なんでしょうね。**

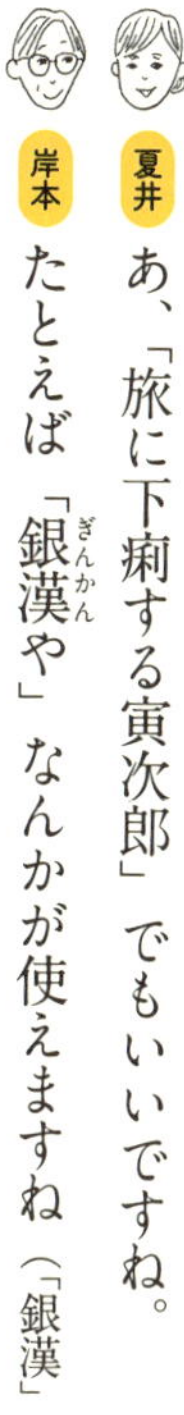

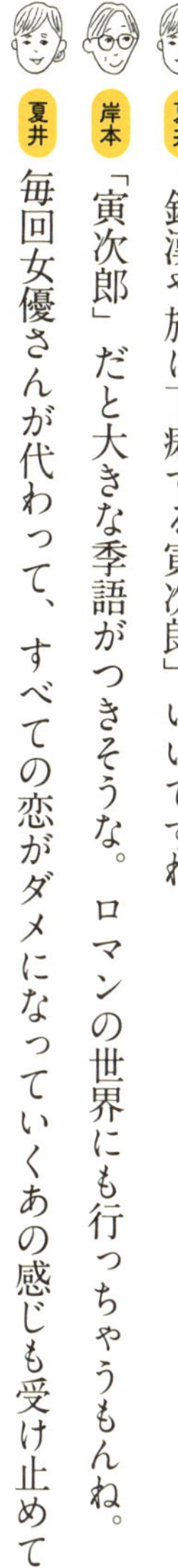

夏井　あ、「旅に下痢する寅次郎」でもいいですね。

岸本　たとえば「銀漢（ぎんかん）や」なんかが使えますね（「銀漢」は天の川のこと。秋の季語）。

夏井　「銀漢や旅に下痢する寅次郎」いいですね。

岸本　「寅次郎」だと大きな季語がつきそうな。ロマンの世界にも行っちゃうもんね。

夏井　毎回女優さんが代わって、すべての恋がダメになっていくあの感じも受け止めてくれますよね、「銀漢」ならね。

岸本　「下痢」も変えて「旅に風邪ひく」もいいわけですが、まあ、「下痢」が強烈だから（笑）。

夏井　「下痢」が俳句になるというインパクトがここのところでは一番大事だと思うし。

岸本　ちなみに、ゲロの句もあるんですよ。**「騒人の反吐も暮れ行く桜かな　前田普羅」**（作者の普羅は大正から昭和にかけてのホトトギスの代表的作家の一人）。

夏井　それすごいね。

岸本　きちゃないものを格調高く詠んだ俳句です。中七がきちゃないですが、上五と下五が格調高く締めてます。きちゃないものにどう蓋をして（笑）、どうバランスをとるか。それが句の型ですね。

夏井　確かに、だからバランスが取れてるんだな、言われてみると。

岸本　「桜」と「騒人」の風流。「月青し」と「弱法師」の幽玄。それと汚い中七との関係ですね。

夏井　同じ公式ですね。そういう公式を言ってもらったら安心する。**真ん中にきちゃな**

い言葉があっても、上下で蓋すればＯＫなんだと思ったら、チーム裾野はホッとしますね。

「毒消し薬味理論」なんですよ、それって。

レッスン 4

読後感を決定付ける下五

下五は俳句の「着地」で、読後感を決定付ける部分です。体言止め、「かな」「けり」止めを練習します。

芭蕉の「古池や蛙飛こむ水のをと」を例にとってみましょう。

この句は「古池や」で大きく切れます。そして、「古池や」の余韻が消えないうちに、その次の要素「蛙」が登場します。「蛙飛こむ」までを読んだ時点で、読者は、なるほど古池に蛙が飛び込んだのかな、と思います。読者の脳裏には池と蛙のイメージが浮かんでいます。

そこに下五の「水のをと」。これがさまざまな解釈を生むことになります。

一つは「蛙飛び込む」と「音」との関係です。目の前で蛙が飛び込んだとすれば、その姿と音とは同時で一体です。蛙が飛び込んだと言っただけでポチャンという音が聞こえて来そうです。

しかし、そのような場合に、わざわざ「水のをと」と言うでしょうか。もしかすると、目の前に蛙が見えていないのかもしれません。見えていないけれど、ポチャンという音が聞こえる。あれはきっと蛙が飛び込んだ音だ、とこの句は言っているのかもしれません。

もう一つ、「古池」と「水のをと」の関係からも考えることができます。古池が上五に登場し、中七で蛙が飛び込む。そこまでハッキリしているのに、なぜわざわざ「水のをと」と言うのでしょうか。つまり、「古池や蛙飛び込む音がして」「古池や蛙飛び込む音がまた」「古池や蛙飛び込む音一つ」でもよいのではないか、ということです。

そこにこだわると、古池の水と、蛙の飛び込んだ水は、もしかすると別の水ではないか、とも思えてきます。

ドリル 9

体言止めは、安定感のある形

下五の体言止めの練習をします。

この形は、「五月雨（さみだれ）をあつめて早し最上川（もがみがわ）」など、芭蕉の句にも多く見られます。

俳句らしい、安定感のある形です。

思いつくままに、下五を体言で埋めてみましょう。

やってみよう／「踊髪（おどりがみ）よべのまゝなる○○○○○」

ヒント　「踊」は盆踊のことで、秋（初秋）の季語です。「踊髪」は盆踊のために結（ゆ）った髪。「よべ」は昨夜。「踊髪よべのまゝなる」とは盆踊の翌日、前の晩に盆踊を踊ったときの髪型のままでいる、という意味です。

せっかく結った「踊髪」を元に戻すのがもったいないのでしょうか。あるいは、踊り明かしたために髪型を元に戻す間もなく朝になってしまったのか。このような意味の上五中七を受けて下五で一つの世界をどう完成するか。そこがこの句の考えどころです。

元の句は**「踊髪よべのまゝなる選炭婦　房山」**です。作者は筑前(ちくぜん)の人で、昭和四年の作。「選炭婦」とは炭鉱で石炭の選別を行なう婦人労働者。若い女性が多かったそうです。炭鉱の厳しい環境で働く女性が、年に一度の盆踊を楽しみにしていたことが想像されます。

解答例

朝の道　村娘　熱帯魚　雲の峰

岸本 昨夜の盆踊りのためにきれいに結った「踊髪」がそのままに朝になってしまったという場面を想像するのですが、下五は「朝の道」や「村娘」より、もっと飛躍ができるんじゃないかと思います。元の句は「選炭婦」で、机上では作れない現場の句ですね。下五は「熱帯魚」も面白いかもしれませんね。季重なりだけど。

夏井 「踊髪よべのまゝなる熱帯魚」はすごい。

岸本 「熱帯魚」は夏の季語です。すると踊髪も盆踊じゃなくて、クラブで踊ってたとかね。

夏井 上から読んで「踊髪」が季語だと思ってたら、最後にひっくり返されるってことですね。

岸本 「選炭婦」のところが現代の句にならないかな。「ソーダ水」「雲の峰」。朝から入道雲がもくもく出てる。

夏井 エネルギッシュな感じに気圧されて息ができなくなりましたね。

岸本 「きりぎりす」も使えますね。「踊髪よべのまゝなるきりぎりす」。きりぎりすは

秋の季語です。

夏井 渋いですね。

岸本 朝になってきりぎりすを聞きながら放心してるんですよ（笑）。

夏井 下五に季語を入れない形のほうが、読んでる人は納得がいくと思うんです。まずは「踊髪」が季語ですから。今どきの情景で「踊髪」が「よべのまゝなる」何か。

岸本 「踊髪よべのまゝなる歌舞伎町（かぶきちょう）」とか。

夏井 「歌舞伎町」？　ああ、場所もあり。確かにね。

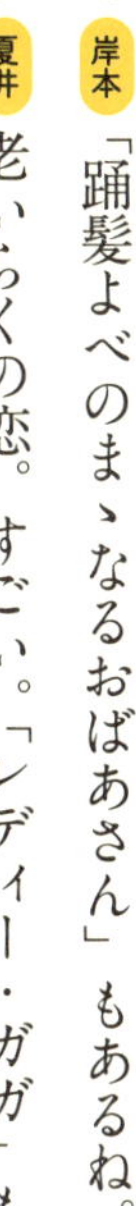
岸本 「踊髪よべのまゝなるおばあさん」もあるね。

夏井 老いらくの恋。すごい。「レディー・ガガ」もいけますね（笑）。

コラム 4

無駄なようで無駄でない「捨て石」効果

岸本 実は、ドリル9「踊髪よべのまゝなる○○○○○」のレッスンの解答例が、なかなか思いつかなかった（笑）。

夏井 （笑）。だってこれ難しいですよ、この下五は。「水の音」ってわけにもいかないんだから。

岸本 風なんか吹いててもいいんでしょうけどね、「朝の風」とか。「よべ」と「朝」はちょっとかぶっちゃうんだけど、「夜明けかな」も「朝ぼらけ」も可能ですね。

夏井 今、岸本さんが「朝の風」と言ったときに、ご自分で「『よべ』と『朝』がかぶっちゃうんだけど」とおっしゃいました。かぶっちゃうとよくないんですか。

岸本 かぶるというか、言いおおせちゃう感じ。塗り絵を全部塗りつぶしたような感じですね。

夏井 言いたいことはわかるけど、でも、「朝の道」や「朝の風」と置いたときに、「よべのまゝなる」の「よべ」は一種「捨て石」みたいな働きをする言葉として、「朝の風」に形が崩れて残っているびんのほつれとかを見せてくれますよね。
目の前にあるのは崩れた「踊髪」だけど、前の晩のきれいに結って興奮して踊ったというのも見えてくるし、昔の踊は男女が夜知り合って草むらに入り込んだ時代の名残もあるわけだから、「よべのまゝなる」と「朝」はかぶっているんだけど、案外捨て石みたいな働きをするんじゃないかなって思うんです。

岸本 「捨て石」っていい表現ですね。

夏井 同じことを芭蕉の蛙の句の「水のをと」でもずっと思ってるんです。「蛙飛こむ」で飛び込んだのはわかってるんだけど、下五で改めて「水のをと」って言われたとき、眼前に何が浮かんでくるか。「飛こむ」で音はもう聞こえたんだけど、「水のをと」と言われたとき水の波紋が見えてくる。「音」といいながら、見えるのは波紋という映像であるみたいな感じがする。「水のをと」は「捨て石」が捨て石の言葉として機能してるんじゃないかなと思うんですよ。

岸本　**無駄のようだけど、その言葉があることによって収まりがいいっていうんですかね。**句の意味だけ見てこの言葉は無駄という議論になりがちですが、ちょっと待てよ、この言葉は捨て石かもしれないという考え方は大切ですね。

夏井　「捨て石」をうまく使った例とかほかにあれば教えてください。

岸本　虚子の「**白牡丹といふといへども紅ほのか**」の「いふといへども」は捨て石かもしれません。

夏井　その捨て石がなかったら、句の「滞空時間」の長さが消えてしまって魅力がなくなりますね。

ドリル10

下五の「かな」止め三音の季語

「かな」止めの練習です。
子規の句では「糸瓜咲いて痰のつまりし仏かな」などがこの形です。
自由に発想し、三音の季語を入れてみましょう。

やってみよう／「ふるさとの色町とほる○○○かな」

ヒント
「ふるさとの色町とほる」は、故郷の町にある「色町」を通ったというのです。「色町」とは遊郭。「ふるさとの色町」とは、子供の頃から聞き知っていたあの界隈（わい）。「色町とほる」とは、遊びに行ったわけではなく、通り抜けたのでしょう。

元の句は**「ふるさとの色町とほる墓参（ぼさん）かな　皆吉爽雨（みなよしそうう）」**で、昭和八年の作です。故郷にある父祖の墓に参る道すがら、「色町」なるところを通るのです。「ふるさと」「色町」から「墓参」への展開が巧みです。

解答例

帰省かな（夏）　暑さかな（夏）　日傘かな（夏）　寒さかな（冬）

夏井　歳時記をめくり、三音の季語を探す楽しい遊びです。その中で「配当の高いもの」をどう選ぶか。

岸本　季語は無限にあるわけですが、この句は「ふるさとの色町とほる」で世界が出来上がってます。

夏井　すると下五の自由度は高いですね。

岸本 ただし植物は難しい。「とほる」という動きがあるから。

夏井 動物はいける。「蛙かな」とか「燕かな」とか。あ、「とほる」とはいわないか、燕は。

岸本 「とほる」の主語が作者自身だとすると、「椿かな」も「桜かな」も可能です。人の行動では「夜釣かな」も使えます。海に近い色町です。「とんぼかな」「蝶々かな」も可能です。

夏井 「子猫かな」は「とほる」が難しい。

岸本 「子猫」だと「ふるさとの色町にゐる子猫かな」でしょうね。「林檎かな」「蜜柑かな」も可能です。

夏井 何でもいけるんだ。どっちかっていうと「林檎」のほうがいいなと思うけど。

岸本 身につけるものでは「懐炉かな」「袷かな」「単衣かな」とか。「裸かな」は無理か(笑)。

夏井 「裸」は……。「とほる」ですからね。不穏な気持ちになりますね。「捕まるなよ」

みたいな。

岸本　「花火かな」もありえます。

夏井　配当が低いのは「裸かな」とか？

岸本　「裸」はマイナス（笑）。配当が低いのは「桜かな」がベタッとしてますね。「薄暑（はくしょ）かな」も安易ですね。

夏井　ということは「ふるさと」と「色町」のイメージに近づき過ぎたらアウトだってことですね。「ふるさと」と「桜」では意外性のない感じがするわけですね。「色町」に対してありがちなものは？

岸本　「日傘かな」と色町の女は近いですね。

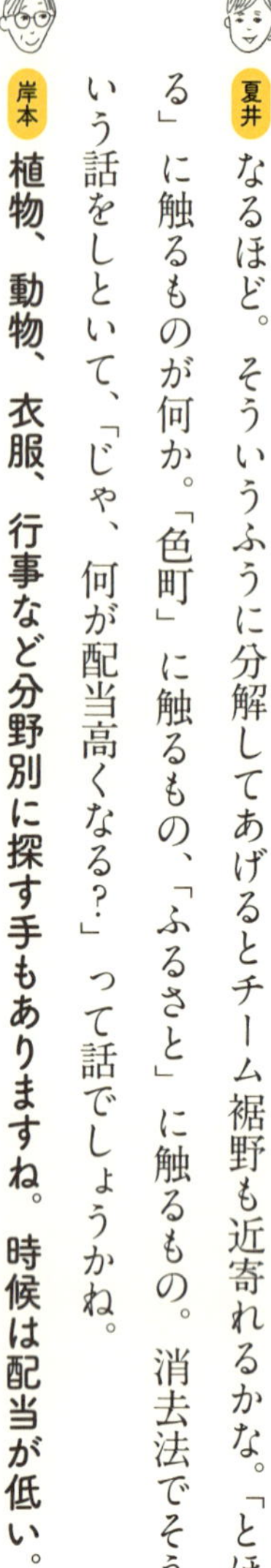
夏井　なるほど。そういうふうに分解してあげるとチーム裾野も近寄れるかな。「とほる」に触るものが何か。「色町」に触るもの、「ふるさと」に触るもの。消去法でそういう話をしといて、「じゃ、何が配当高くなる？」って話でしょうかね。

岸本　**植物、動物、衣服、行事など分野別に探す手もありますね。時候は配当が低い。**

何にでも使える挨拶みたいなものですから。

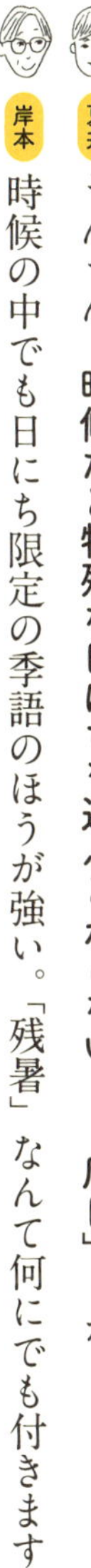

夏井　うんうん。**時候だと特殊な日にちを選ぶとかしないと。「厄日（やくび）」**とか。

岸本　時候の中でも日にち限定の季語のほうが強い。「残暑」なんて何にでも付きますからね。

夏井　**「雨水（うすい）」「芒種（ぼうしゅ）」**、あと何があるかな、三音で。**「土用（どよう）かな」「二日（ふつか）かな」**。

岸本　正月の「二日」はいいですね。「ふるさとの色町とほる二日かな」。元旦は特別な日で、二日になるとかなり気が抜けたような感じがします。そんな二日にフラッと色町を通るんでしょうね。気の抜けた感じといえば、三日よりやはり二日のほうが味わいがあると思います。「ふるさとの色町とほる三日かな」だとイマイチですね。

ドリル 11

動詞の選択「けり」止め

「けり」止めの練習です。
○○○に入る動詞を入れてみましょう。

やってみよう／「朝寒（あささむ）のかほのそろひて○○○けり」

ヒント

「朝寒」は晩秋に感じる朝の寒さ。「かほのそろひて」とはお馴染（なじ）みの顔が揃ったというのです。さてこれから何が始まるのでしょうか。

元の句は「**朝寒のかほのそろひて勤めけり　森川暁水（もりかわぎょうすい）**」です。昭和四年の句。日々の生活のために働いている人々の姿がすがすがしい。

解答例

来(きた)りけり（皆さんおはよう）　遊びけり（朝から遊ぶ？）
走りけり（朝練）　尿(いば)りけり（つれしょん？）

岸本　「朝寒のかほのそろひて勤めけり」はみんなが「おはよう」と言って集まってきて、さあ仕事だという場面です。「勤めけり」は何にでも使える、会社でも、工事現場でも。

夏井　坊さんでもいいね。

岸本　ここで切れ字全般の話をすると、一番使いやすいのが「○○○○や」。その次に名詞に「かな」をつけた「○○○かな」。ハードルが高いのが「けり」だと思うんです。「プレバト」に「けり」は出てきます？

夏井　あまり出てこないですね。使い道を間違えてる「けり」が出てきたことはあるけど。

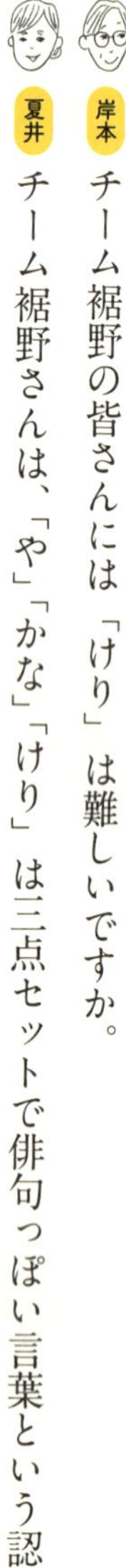

岸本　チーム裾野の皆さんには「けり」は難しいですか。

夏井　チーム裾野さんは、「や」「かな」「けり」は三点セットで俳句っぽい言葉という認識はあるので、「や」と「かな」は名詞中心の展開だけど、「けり」は「動詞＋けり」だという特性の違いにはたと気づいて「あ、そうなんだ」と思う人はいらっしゃる。

岸本　では、教科書でお馴染みの飯田蛇笏の**「くろがねの秋の風鈴鳴りにけり」**の穴埋めなどは、やりやすいかもしれませんね。

夏井　「秋の風鈴」をどうするか。「外しけり」や「もらひけり」なども使えます。風鈴という物が目に見えると、取っ掛かりやすいですね。

岸本　下五は自動詞でもいいんです。「錆びにけり」とか。

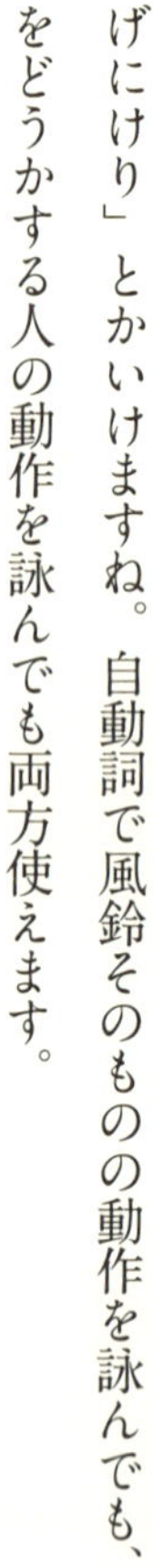

夏井　もとの「鳴りにけり」も自動詞ですね。ほかにも「売りにけり」「買ひにけり」「あげにけり」とかいけますね。自動詞で風鈴そのものの動作を詠んでも、他動詞で風鈴をどうかする人の動作を詠んでも両方使えます。

上五も変化させて「錆の来し秋の風鈴眺めけり」というような形を試してもよいと思います。様々に考えてみてください。

レッスン 5

中七の練習「や」で切る型いろいろ

上五の「〜や」や下五の「〜かな」などを穴埋めで練習しました。今回は、中七を「や」で切る形を練習します。

ドリル 12

「や」は便利。中七の「や」はバランスを取りやすい形

中七の○○○に入る三音を考えてみましょう。

やってみよう／「石段に立ちて○○○や京の春」

ヒント 元の句は**「石段に立ちて眺めや京の春　野村泊月（のむらはくげつ）」**です。石段に立って京の町を見下ろしているのでしょう。「石段に立ちて眺めや」は自分の動作をたんたんと言葉にしています。
この句の特徴は、景色そのものを描写してないところです。「眺め」という言葉を使って「いい景色だよ」と言っているのだけれど、「勝手に想像してください」というような句です。

解答例
欠伸（あくび）や　笑顔や　写真や　恐（こわ）しや　高しや　小雨や　月夜や　二十歳や

夏井 ○○○に入る言葉は、名詞と形容詞以外には無いでしょうか？

岸本 動詞もあります。例えば「石段に立ちて暮るるや京の春」。**「や」は、上五にも中七にも使えて便利です。中七の「や」は楽なんです。十二文字まで出来上がって残る**

は五文字だというところでホッと一息という感じで使えます。

夏井　それにしても、「石段に立ちて眺めや」……。このあまりにも茫洋（ぼうよう）としている表現に驚いてしまいます。

岸本　で、「眺め」の三文字部分の埋め字を楽しんでいただくというわけですが。

夏井　うーん、楽しみにくい宿題ですね。前提が、「石段に立ちて」で、着地が「京の春」でしょう？　京という場所で春という季節で、しかも石段に立たされてるわけですから、やれることが……。

岸本　あまりない（笑）。確かに石段に立ったまま、何ができるかというと、限られますよね（笑）。

　元句からの発想の飛躍は難しい例題ですが、中七の形に馴染むためには、三文字を考えるところから始めるといいでしょう。

夏井　発想の飛び方のパターンを整理してみましょうか。「石段」と「京の春」はすごく決め込まれてたでしょう？　「石段に立つ」まで決め込まれてて「京の春」が決め

込まれてて、あそこでできることは何だっけ。「石段に立ちて欠伸」「立ちて笑顔」は**表情**。「立ちて写真」は**行為**。「立ちて恐しや」は**感情**。「立ちて高しや」は**状態**。「石段に立ちて小雨や」は**天気**。「二十歳や」は**年齢**。こうやったら発想の方向バージョンがある程度見えてくるんじゃないでしょうかね。「石段に立ちて○○○」の三音で何か。「女」とか「男」とか「親父」とか「娘」とか。**人間**でこんな種類とか、**天文**でこんな種類とか。連句の発想に近い感じですか。

岸本　連句だと、余情を受け止めるような言葉を持ってくる**「匂い付け」**とか、故事や古歌などを彷彿(ほうふつ)させる言葉を持ってくる**「面影付け」**などがあります。「京の春」ののどかな気分を生かして「石段に立ちて欠伸や京の春」とすれば匂い付け風。「絶景かな」という歌舞伎の石川五右衛門(いしかわごえもん)を思い浮かべて「石段に立ちて台詞(せりふ)や京の春」とすれば面影付け風です。

夏井　なびき物、たなびいてるものに行きましょう、宗教に行きましょう、食べ物そろそろお願いしますとか。

岸本 たなびくといえば「石段に立ちて霞（かすみ）や京の春」。霞は春の季語なので「京の春」は季節を示す言葉の重複になりますが、調べは良いですね。漠然と「石段に立ちて日ざしや京の春」でもいい。**宗教**系だと「石段に立ちて拝むや京の春」。何かしら神仏を拝むんですね。**職業**だと「石段に立ちて教師や京の春」とか。修学旅行の引率かな。**食べ物**を入れたければ「石段に立ちて団子や京の春」。食べ物がなければ「石段に立ちてひもじや京の春」。

夏井 そういうパターンで練習ができますね。

ドリル13

夫婦で何をする？
中七で夫婦の様相を変えてみる

夫婦でやっていることを六音で埋めてみましょう。
また、下五に二音分の情報を入れて、
どんな春（または秋）が中七に合うか考えてみましょう。

やってみよう／「夫婦して○○○○○○や○○の春（秋）」

ヒント
元の句は「**夫婦して漕げる渡舟や湖の春　北川草舟**」「**夫婦してかこかんどりや水の秋　松藤夏山**」です。「かこかんどり」とは、舵を取る人と船を漕ぐ人という意味。夫婦で渡し舟をやっている場面です。

解答例　**勝つ競艇や浦の春　売る饅頭(まんじゅう)や寺の春　褒(ほ)め合ふ壺や窯(かま)の秋**

夏井　「勝つ競艇や浦の春」。うん、この路線は、「夫婦して行くパチンコや」とか、そういう話ですね？　三つ目の「窯の秋」は穏やかな気持ちになりました。

真ん中が変わるだけで、夫婦の様相ががらりと変わりますね。「夫婦して演奏会や」は知的な感じでしょう。「夫婦してトクホン貼るや」となれば、まったく違う物語が見える。古い夫婦から新しい夫婦まで、上品なのから下品なのまでやりたい放題ですね。

ここで十二音までのフレーズができたら、あとの「○○の春」の○○を、**十二音に近づけるか裏切るか**。それでまた、句ががらっと変わりますね。「夫婦して売る饅頭や」で「寺の春」って来たら茶店ですね。水上生活者みたいに「船の春」とやったらエキゾチックな感じになります。売っている夫婦の人種や国が変わります。

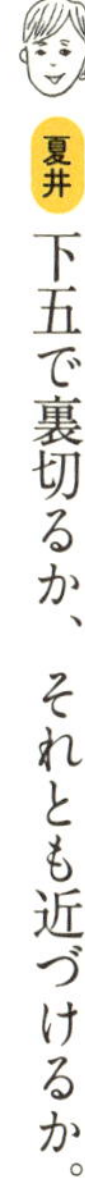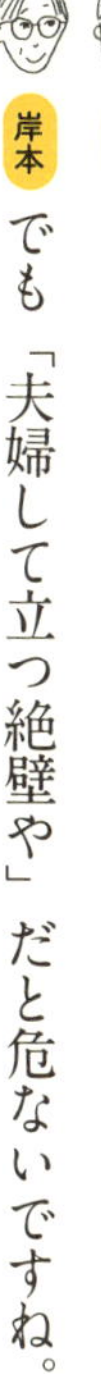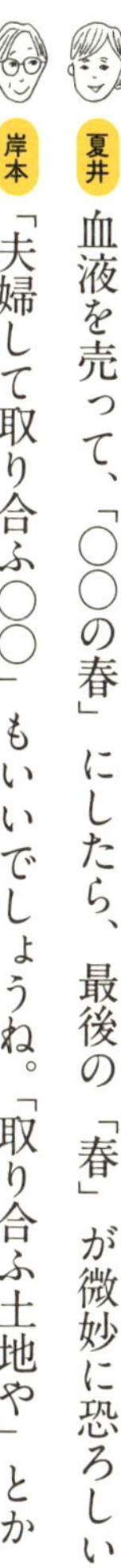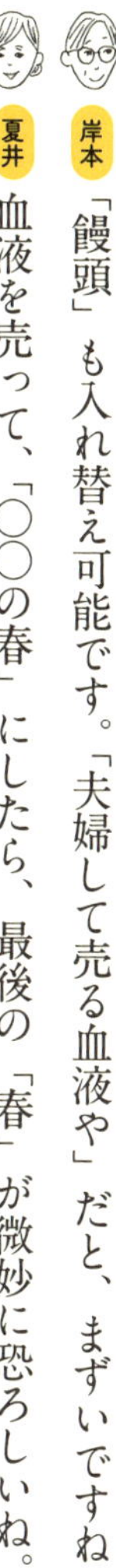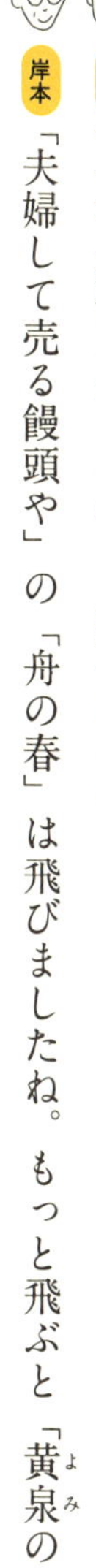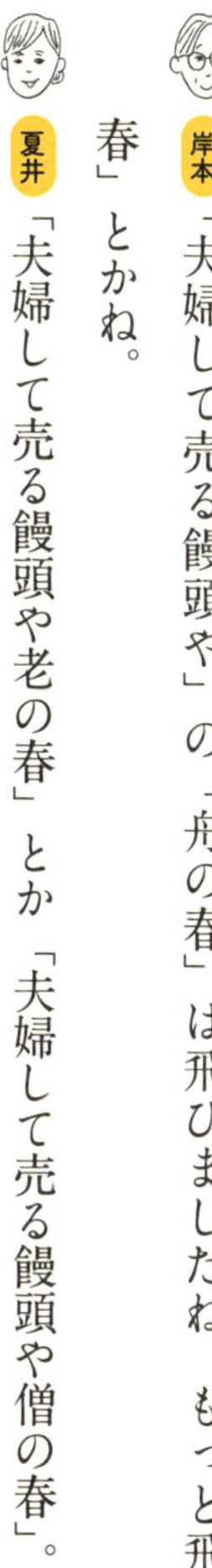

岸本　「饅頭」も入れ替え可能です。「夫婦して売る血液や」だと、まずいですね（笑）。

夏井　血液を売って、「〇〇の春」にしたら、最後の「春」が微妙に恐ろしいね。

岸本　「夫婦して取り合ふ〇〇」もいいでしょうね。「取り合ふ土地や」とか（笑）。

夏井　褒め合うとか取り合うとか、複合動詞で攻めると「〇〇合う」の二音の勝負になるってことですね。

岸本　「夫婦して絞め合ふ首や」（笑）。

夏井　「夫婦して」のうしろを二音の動詞にすると、ゆったりと作れますね。

岸本　でも「夫婦して立つ絶壁や」だと危ないですね。

夏井　下五で裏切るか、それとも近づけるか。

岸本　「夫婦して売る饅頭や」の「舟の春」は飛びましたね。もっと飛ぶと「黄泉（よみ）の春」とかね。

夏井　「夫婦して売る饅頭や老の春」とか「夫婦して売る饅頭や僧の春」。還俗（げんぞく）したのかみたいな。「夫婦して売る饅頭や」で飛べばいいんですよね。

岸本　「夫婦して売る饅頭や過去の春」は、昔は幸せだったということかな。「罪の春」とか。

夏井　怖いな。

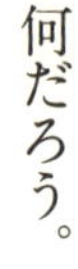
岸本　幸せなものも入れたいですね。

夏井　明るいイメージか暗いイメージかという手掛かりもありますね。地名とか、あと何だろう。

岸本　限定力の強いものと、どうでもいいようなもの。「夫婦して売る饅頭や道の春」など、意味がないに等しいわけですからね。

夏井　「道の春」みたいな使い方もあるっていうことを知っとくのも悪いことじゃないですよね。

岸本　肩の力を抜いた作り方もありますので。

夏井　エッジ立てるだけが勝負じゃないですもんね。「春」という言葉があればいいだけのときに、「道の春」みたいな、逃げ方じゃないけど、曖昧（あいまい）に春を表現するってやり方もあるってことですもんね。

岸本　「夫婦して売る饅頭や愛の春」とか。抽象的な言葉も即物的なものも入りますね。

夏井　場所。お天気。「夫婦して売る饅頭や雨の春」とかね。

岸本　動詞も入れられます。「夫婦して売る饅頭や吹雪(ふぶ)く春」とか「暮るる春」「滅ぶ春」とか。

ドリル 14

中七で形容詞＋や

中七の○○○○○○に、名詞＋形容詞を入れてみましょう。
さらに、上五の「○○○とき」も、変化させてみましょう。
さらに下五も考えてみましょう。

やってみよう／「くもるとき○○○○○○や春浅き」
「○○○とき○○○○○○や春浅き」

ヒント

○○○とき○○○○○○やの調べを覚えてみましょう。使いやすいパターンです。

元の句は「くもるとき港さびしや春浅き　中村汀女（なかむらていじょ）」です。

解答例

心さびしや　景色さびしや　子供さびしや　嫁ぐとき娘さびしや
つかふときお札眩（まぶ）しや　流すとき雛（ひな）はさびしや水清き
落つるとき椿早しや風つよき　つまむとき蝶は妖（あや）しや腹を曲げ

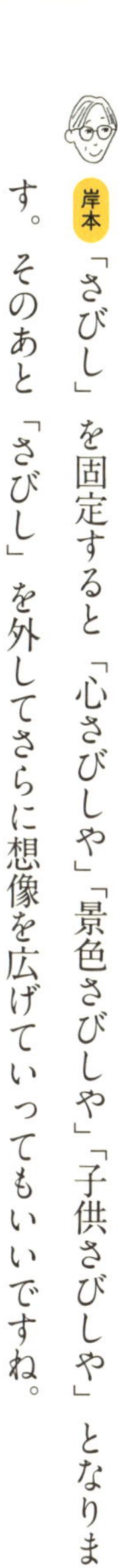

岸本　「さびし」を固定すると「心さびしや」「景色さびしや」「子供さびしや」となります。そのあと「さびし」を外してさらに想像を広げていってもいいですね。

夏井　「くもるとき」も固定して、「港」の三音だけを変えるパターンもありですね。

岸本　もっと自由に「○○○とき○○○○○や」で型を覚えるのもありです。「○○○とき○○○うれしや」に「春浅き」をポッとつけると、わりと作りやすい。

夏井　改めて言うようですが、型の練習という意識は必要ですね。「この型が一つ作れるようになった」というように、一つずつ使える型が増えていくといいんです。「覚えましょう」って言われると「面倒くさいから覚えるのやめよう」となりがちだけど、「この型をクリアするために何回か言う」といった具体的な練習をするといいかなという気はします。そして、体の中にこの型の調べをちゃんと入れていく。

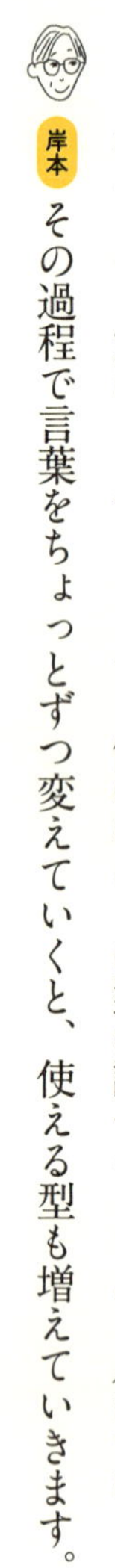

岸本 その過程で言葉をちょっとずつ変えていくと、使える型も増えていきます。

レッスン6

上五・中七・下五をまとめて練習

中七下五、上五中七などを一息で作る練習です。

これまでは、上五・下五・中七の練習をしてきました。自動車の運転でいえば車庫入れとか縦列駐車とか、技能の一部を取り出して、そこだけ練習したわけです。

レッスン6ではもう少し複雑な一連の操作の練習に入ります。

ドリル15

十二音を一息で作る

「十七音が口をついて一気に生まれる」ことが俳句の理想です。

それに向けたステップとして、十二音にチャレンジします。

電柱の景色を思い浮かべて、文末の「かな」まで一気に詠んでみましょう。

やってみよう／「電柱○○○○○○○○○○○○かな」

ヒント

元の句は「**電柱の丘へ外れ去る冬田かな　鈴木花蓑**」です。冬の田んぼに沿って並んでいる電柱と電線を目で辿ると、田んぼから外れ、丘のほうへ続いています。「丘へ外れ去る」という描写が巧みです。

この句を使って十二文字を一息に詠む練習をします。下五の練習も兼ねて句末は「かな」で止めます。どこかに季語が必要です。元の句の「冬田かな」に倣って下五に三文字の季語を入れることにしましょう。上五は「電柱の」だけでなく、「に」「の」「を」と助詞を変えてみる「電柱を」「電柱へ」なども考えられます。

解答例

電柱の影に人立つ暑さかな（夏の盛りの景）
電柱の恐ろしげなる野分（のわき）かな（秋、吹きすさぶ台風（野分）の中）
電柱に酔うてぶつかる師走かな（忘年会シーズンの盛り場）
電柱を押し包みたる落花かな（街角の桜が散る）

岸本 電柱のある景色を思い浮かべ、とにかく「かな」まで持っていく型の練習です。助詞を変えるのは一つのポイントです。「電柱と友達になる○○○かな」でもいいですね（笑）。

夏井 電柱はいいと思う。電柱って、何でもやりたい放題やれる。鳥が来たり、人が通ったり。蹴とばしたっていい。電柱が倒れても、電柱を運んでてもいい。「電柱を押し包みたる落花かな」の場合だったら、まずは「落花かな」という形で作っておいて、自分の推敲の中で「花吹雪（はなふぶき）」に変えてもいいわけ。

岸本　たしかに「押し包む」という言葉を生かすと、「電柱を押し包みたる花吹雪」のほうが句が大きくなりますね。「落花」だと花びらの一片一片が見えますが、「花吹雪」だと散る花が大きな塊として見えてきます。

ドリル 16

中七で感情語を入れる

中七で、「たのしい」「うれしい」「かなしい」などの感情語を入れて俳句を詠む練習です。

感情語はなるべく俳句に使わないように、と言われます。「うれしい」と言わずにうれしい気持ちを、「かなしい」と言わずにかなしい気持ちを表現するのが俳句の極意だというわけです。

ところが実例をみると、「うれしい」「かなしい」といったナマの感情語を使った佳句(かく)がたくさんあります。

自由に発想してみましょう。

やってみよう／「〇〇〇〇〇〇〇〇〇たのし（うれし、かなし他）〇〇〇〇〇」

ヒント　元の句は「**しんしんと寒さがたのし歩みゆく　星野立子**」です。しんしんとした寒気が楽しい、そんな中を歩いてゆくという意味です。意味の上では、しんしんと寒いのですが、文脈の上では「しんしんと」は「たのし」にかかります。そのちょっとしたねじれの感覚も面白い。「寒さがたのし」とは一体何が言いたいのだろうか、と読者は戸惑います。戸惑う読者をはぐらかすような「歩みゆく」。この素っ気なさが魅力です。

さて、この形を真似ながら練習してみましょう。

解答例

「夏空の青きがうれし旅つづく」　「社会鍋少しなつかし見て通る」
「風鈴の鳴らぬは淋しうち仰ぐ」　「落第の弟かなし泣いて寝る」

夏井　最後の句は妹ではなく、やっぱり「弟」ですね。

感情語って難しい印象があるじゃないですか。学校の先生たちが子どもたちに教えるのに、感情語との勝負というのがあって、子どもたちにやらせたらすぐ出てくる「先生と算数勉強楽しいな」的な、「楽しいな・かなしいな俳句」をどう撲滅するかが小学生に俳句を教えるときの大きな悩みなんですよ。その悩みを逆手にとって、まず下五を「たのし」とか「悲し」に決め込んで、上五中七を作らせといて、「たのし」を取っ払って、「ここに何か楽しそうな五音の季語探そうね」っていう、「楽しいな・かなしいな俳句」撲滅プログラムみたいなのを先生相手によくレクチャーするんですけど。でも、感情語がここの位置に入ると、こういう効果もあるんだっていうのは……いいですね（笑）。

岸本 **中七に感情語があって、下五でもう一度、描写に戻る形ですね。**

夏井 上五に例えば「空うれし」とか「道たのし」もあり？

岸本 **「春たのし仏つとめも忘れがち　由木旭外」**という句があります。

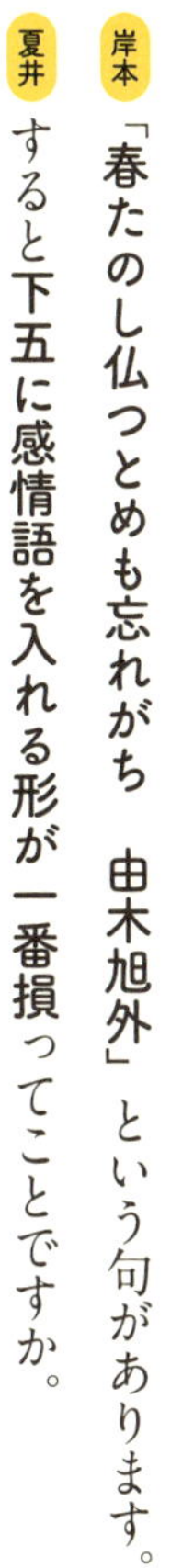

夏井 すると**下五に感情語を入れる形が一番損**ってことですか。

岸本　下五は難しいです。

夏井　中七で切る句もいいねぇ。

岸本　中七で切ると楽です。十二音を頑張って作れば、あとは五文字だけですよという形です。**中七の形容詞に「や」をつけて「たのしや」「遠しや」も使えます。**

夏井　これだと下五はそんな考えなくていいってことですよね。やってることをもう一回改めて書き出すだけでしょう？　「しん〳〵と寒さがたのし」と言っておいて、下五はただ歩いておりました、というだけで。

岸本　「歩みゆく」ってすごく力が抜けてますね。この作り方、私は大好きなんです（笑）。下五で力抜いて、うつむいて終わる（笑）。

夏井　ああ、力抜くやつ。こういう使える型を一個一個増やすってことですね。「風鈴の鳴らぬは淋しうち仰ぐ」も、「これでいいんだ」みたいな。要は、上五中七で言いたいことはだいたい言えちゃってるってことですね。上五中七で言えてしまってるときは、「淋し」とかって言い切ってしまうほうが、その場の状況とかがストレートに

伝わる。で、あとは「うち仰ぐ」とか「歩みゆく」とか、言わずもがなのことを言っていいってことだもんね。

岸本　フェイントのような下五です。

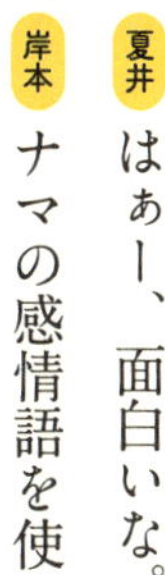

夏井　はぁー、面白いな。

岸本　ナマの感情語を使った佳句の実例を見てみましょうか。**「訪(と)ふうれしつまづき入りし露の木戸　高田つや女」**は訪問することがうれしく、つまずくように入っていった。「うれし」と言葉で言わないとうれしいかどうかわからない。だからあえて「うれし」と言った。

夏井　なるほどー。「言わないとわかんないよ」なんだ。「訪ふうれし」も、このままだと、「つまづき入りし露の木戸」って全然うれしくなさそうな句ですよね。

岸本　そうなんです。**うれしくも何ともない事柄を「うれし」と言ったので、読者にもうれしいこととして感じられるのです。**

「かなし」の例では、「**ぼうふらのかなしきかぶりふりにけり　中谷福々**」。「かなし」

を「うれし」に換えると面白い。「ぼうふらのうれしきかぶりふりにけり」でも句として成り立ちます。

「うれし」「かなし」という言葉以前に句の感情があらかじめ決まってるのではなく、むしろ、その句の気分を「うれし」にするか「かなし」にするかは、言葉のスイッチで決まる場合があるのかもしれません。

夏井 「うれし」と「かなし」の互換性みたいなのはわかるし、面白いけど、例えば「さびし」とかにはないんですか、そういう互換性は。

岸本 「たのし」と「さびし」も互換性があると思います。**「濃き秋日何かたのしくわからなく　星野立子」**の「たのし」を「さびし」に取り替えても句として成り立ちます。「濃き秋日何かさびしくわからなく」。

夏井 句の味わいが変わってきますね。**「留守をもり淋しき孫に雛かざる　久子」「夏やせの女あはれや猫が好き　高田つや女」**。ストレートに「さびし」「あわれ」と言っていいんですねえ。こうやって見せられると、使ってもいいじゃないとか納得してしま

います。「さびし」「あわれ」という感情そのものが詩の言葉になってしまうってことですよね。自分の感情を綿々と述べるというよりは、それ自体がもう詩の言葉として存在してて。いい句だなあと（笑）。

岸本　ナマの感情語を使うことをあえて咎（とが）める必要はないでしょう（笑）。でも、そう言い切ってしまうと、学校での「かなしい」「たのしい」「うれしい」を使わないような指導の話と混乱しますかね。

夏井　学校の指導はね、逆方向から来てるんだと思うんですよ。子どもに何も説明しないで、作ってみましょうと言ったら、「何とかかんとかうれしいな」「何とかかんとかかなしいな」っていう句が量産されるんで、先生たちとしては、そこをなんとかしたい。それで「楽しいな・かなしいな俳句撲滅作戦」という、季語との取り合わせをやる。

岸本　感情を季語に語らせていく「取り合わせ」の練習なんですね。

夏井　そうなんです。俳人的な「感情語はやめましょう」じゃなくて、とても切実な先

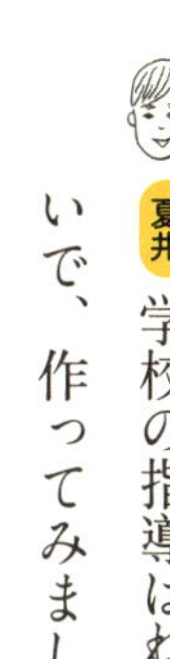

生たちの、五音分の無駄遣いをどうしてやったらいいんだろうって。で、ともかく「うれしいな」「かなしいな」って下五を置いといて、上五・中七を作らせて、「うれしいな」「かなしいな」の代わりにどんな季語が似合うでしょうという。これけっこう有効でした。季語の選択肢を作っとくんです。うれしい気分はこんな感じの季語かな、かなしい気分はこんな感じの季語かなって。

岸本　「うれしいな」を「春の風」や「チューリップ」に変えるわけですね。

夏井　そうそう。それと、なんか悲しくもうれしくもないみたいなことを表現したい子がそのうち出てくる。「先生が『うれしいな』『かなしいな』って書いてるから、しょうがないから作ったけど、本当を言うと、うれしくも悲しくもない」とかいう子のための「いわし雲」みたいな（笑）、ぼんやりとした感じの季語とかを春夏秋冬ごとにチョイスしておくんです。

ドリル 17

下五の「なりにけり」

有名な
「降る雪や明治は遠くなりにけり　中村草田男」
の下五を使う練習です。
「なりにけり」を使って「月」を詠んでみましょう。

やってみよう／「○○○○○○○○○○○○月となりにけり」

ヒント　元の句は、「**おほらかに枯野の月となりにけり　美恵女**」です。この句を参考にしながら「○○○○○○○○○○○○月となりにけり」という形の句を作ってみましょう。

解答例

「恋の日のまどかな月となりにけり」
「蛍火に愚かな月となりにけり」
「風下に傾く月となりにけり」

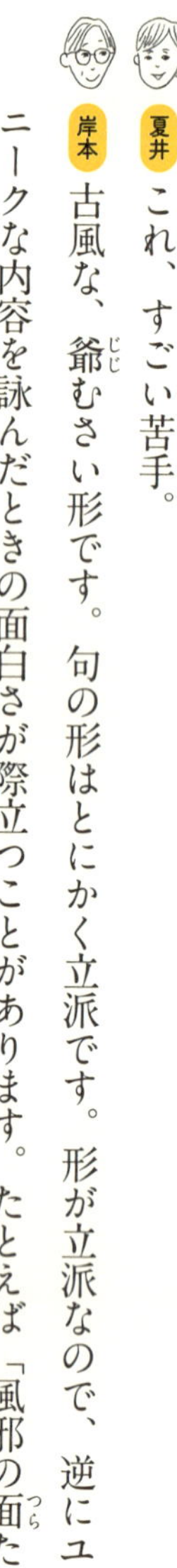

夏井 これ、すごい苦手。

岸本 古風な、爺（じじ）むさい形です。句の形はとにかく立派です。形が立派なので、逆にユニークな内容を詠んだときの面白さが際立つことがあります。たとえば「風邪の面（つら）たはしの如（ごと）くなりにけり　迷水」とか（笑）。

夏井 すごいなぁ。

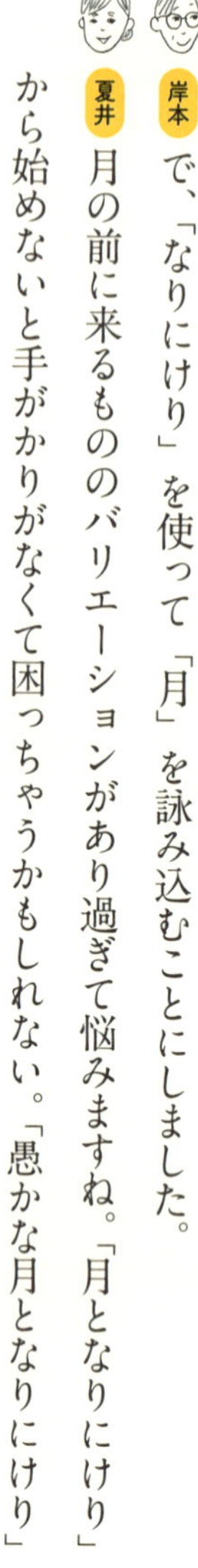

岸本 で、「なりにけり」を使って「月」を詠み込むことにしました。

夏井 月の前に来るもののバリエーションがあり過ぎて悩みますね。「月となりにけり」から始めないと手がかりがなくて困っちゃうかもしれない。「愚かな月となりにけり」

「まどかな月となりにけり」。あ、下から攻めていけばいいのか。「明るき月」「曇れる月」「真白き月」とか、何か月の状況を……。「『愚かな月』ってどういう状況？」みたいに攻めていかないと。上から作っていくのは難しいね。「傾く月となりにけり」とかから始めたら、やれるかもしれないですね。「のぼれる月」「傾く月」から始まって、「輝く」とか「曇れる」とかの状態、「愚かな」とか「賢き」とかがちょっとずつ出てきて、その上で「上五を作ってみましょう」ならいけそうな気がしました。

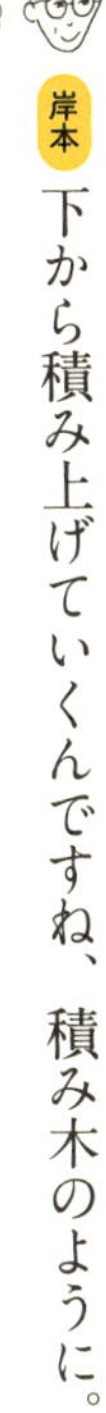

岸本　下から積み上げていくんですね、積み木のように。

夏井　上五はいろいろできますよね。

岸本　どんな月かは言葉だけでいいんです。情景を浮かべずに、言葉だけをポンポンと付ける。そうすると中七下五ができるんで、あとは情景を浮かべて上五を嵌めていく。

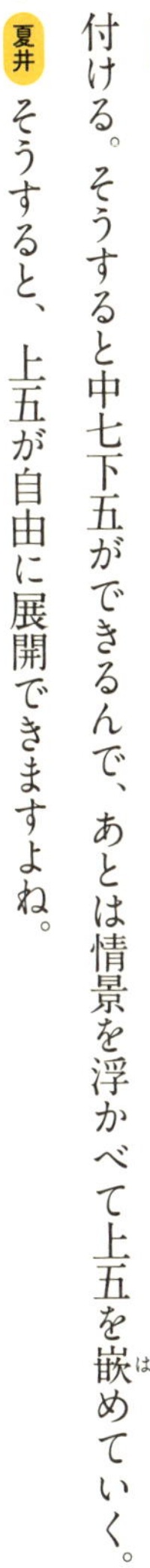
夏井　そうすると、上五が自由に展開できますよね。

岸本　上五で情景が決まるわけです。

夏井　上五だけで場面とか状況が設定できるって、これもいいトレーニングですね。「酒

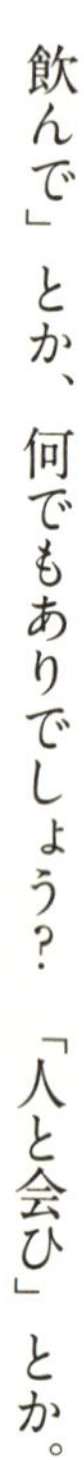

飲んで」とか、何でもありでしょう？　「人と会ひ」とか。

岸本　「明るき月となりにけり」って万能ですからね。「金なくて明るき月となりにけり」「落第の明るき月となりにけり」とか。

夏井　「なりにけり」「ありにけり」「をりにけり」のバージョンを練習したい気はしましたね。ちなみに「なりにけり」と「ありにけり」と「をりにけり」ってどういうふうに違う？

岸本　「なる」は変化の「なる」。「一間（ひとま）の家でありにけり」は「一間の家である」。「をりにけり」の「をり」は「居り」ですね。

夏井　ある程度の時間の経過ってことですね。「にけり」の「に」って完了の助動詞「ぬ」ですね。「けり」ってもともと過去の助動詞でしょう？

岸本　過去と詠嘆ですね。

夏井　中岡毅雄（なかおかたけお）さんの『NHK俳句　俳句文法心得帖』（NHK出版）で「今まで、意識の外にあったものが、自分の認識の範囲に入って来た時に」今ハッと気づいたみたいな

そういう意味合いで詠嘆になっていったという解説を読んで、なるほどと思った。

岸本 「昔、男ありけり」が自分の物語として思い出されるような心持ちだと思いますね。

夏井 となったら「なりにけり」とか「ありにけり」とかも、わかる気がするんですね。「一間の家でありにけり」も、前から知ってたんだけど、なるほど、一間だわ、月の光が差してみれば、みたいな。

3章
中身を盛り込むための発想法

前章の型の練習を踏まえ、この章では句の中身そのものに関する発想の仕方を練習します。二つの題から発想を飛ばしていく方法から、取り合わせ、そして「てにをは」の妙まで順を追って、中身を盛り込む練習をしていきましょう。

レッスン7

二つの言葉を用いた「題詠」

ここでは、「二題の題詠」の練習をします。

詩歌の詠い方は大きく二つに分かれます。与えられたお題で詠むのが「題詠」です。これに対し、題を定めずに自由に詠むことを「雑詠」といいます。

詩歌を詠む		
「題詠」題を決めて詠む	席題	句会の席上、題を出してその場で詠む。いわゆる「即吟」。
	兼題	あらかじめ出された題で詠む。
「雑詠」題を決めずに詠む		「自由題」とも。今の季節を詠むことを「当季雑詠」という。

最終的には「雑詠」が上手にできるようになることをめざすわけですが、そのためには「題詠」の練習が非常に有益です。

一見、題詠より、制約のない雑詠のほうが作りやすそうですが、必ずしもそうとは限りません。題がヒントになって発想しやすいという面があります。実は、野外を散策しながら俳句を作る「吟行(ぎんこう)」であっても、自分で「題」を見つけ、その「題」で作っているに等しいのです。

ドリル18

一つの題より、二つの題のほうが作りやすい

芭蕉の「荒海や佐渡によこたふ天河」にも島（佐渡）と天の川が登場しますね。

「島」と「天の川」の二つのお題で作ってみましょう。

季語は「天の川」、秋の季語です。

やってみよう／「島」と「天の川」で一句

ヒント

元の句は「**銀漢や島にもありし峠茶屋**　**田畑比古**」です。島にも山を越す峠があり、そこに茶屋もあるというのです。銀漢（天の川）が見える夜の句です。「ありし」は過去を意味します。星の澄む島の夜を過ごしながら、島にも峠の茶屋があるこ

とを面白く思い起こしているのです。

解答例

「天の川島の男と仰ぎけり」
「酔うて食ふ島らつきようや天の川」
「ゴーギャンに憧れ銀河濃き島へ」

岸本 題詠は普通、一つの題なんだけど、二つの題でやってみます。

夏井 あ、そうか、句の世界を順々に変えていくんだ。

岸本 「島」と「天の川」でなくても、「空」と「ほととぎす」とか。自分で自分に題を出していいんですね。たとえば句会で「ほととぎす」とか「秋の風」とか「春雨」といった席題が出されたとき、それだけだと難しくてなかなか句が思いつかないかもしれないけど、そこでもう一つの題を自分で出して、**二点を固定して作るとその二点の**

間を埋めれば句ができる、という話なんですね。

「天の川」で作りましょうと言われたら、「天の川」だけが頭の中でぐるぐるし始めて迷路に入っていくので、もう一つの別の言葉があるというのはいいなと思います。

ドリル 19

自由に絵を思い浮かべて、その映像を写生する

「凩（こがらし）」と「鏡」という二点を固定すると句の世界が出来上がります。頭に思い浮かんできた絵を言葉で写生してみましょう。

やってみよう／「凩」と「鏡」で一句

ヒント

例えば**「凩の夜の鏡を怖れけり　禅丈」**があります。凩の夜、鏡を見ると、ふと怖いような気がしたのです。では「凩（木枯らし）」と「鏡」で作ってみましょう。

解答例

「木枯らしを聞く安宿の鏡かな」
「木枯らしや鏡の多き家に住み」
「木枯らしや鏡すなはちご神体」

岸本　いきなり言葉に行かずに、自由に映像を思い浮べ、その映像を写生していると、題の言葉がいつのまにかなくなることが（笑）。

夏井　ああ、それすごくよくある。

岸本　推敲をしてるうちに題がどこかへ行くんですね。そうならないためには、**席題の絵を思い浮かべる**。

夏井　季語だったら絵を思い浮かべるってこと？　季語じゃなくても？　漢字一字だとどうでしょう。漢字一字でも「鏡」みたいに映像を持ってる漢字一字と、例えば「生きる」という一字とかは違いますよね。具体的な、映像を持ってる言葉と、映像

があまりない、意味だけを持ってる言葉とがある。

岸本　**最終的な目標は映像化です。一つの言葉で映像化ができないときは、もう一つ言葉を足して映像化できるようにするといいですね。**一つの題の映像力が強くて、それだけでいけるときは、それで自由に作ればいいけど、一語だけでは進めないときは、もう一つ副題（主題に対する副題）を補って映像化する手がありますね。副題を入れると十二音が埋まってしまって、あとは言葉でつなぐだけで句になる場合もあります。

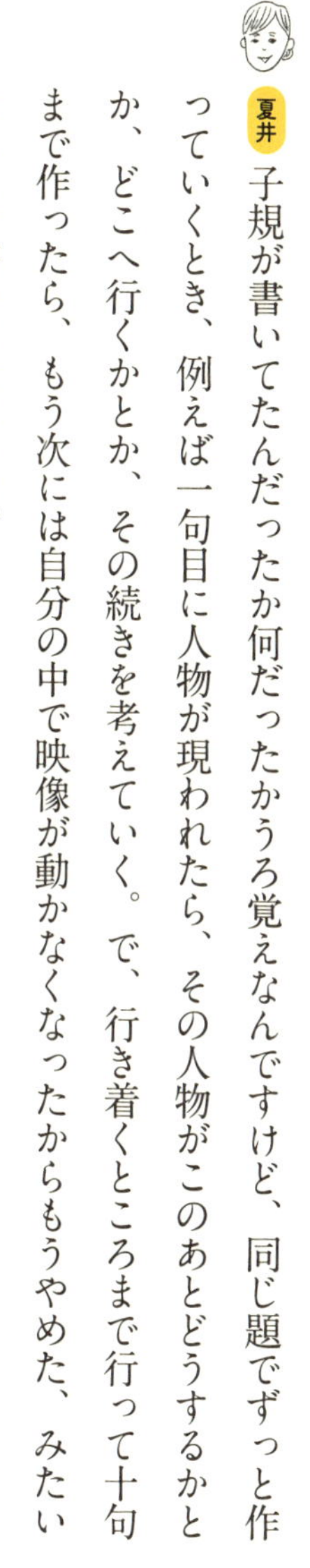

夏井　子規が書いてたんだったか何だったかうろ覚えなんですけど、同じ題でずっと作っていくとき、例えば一句目に人物が現われたら、その人物がこのあとどうするかとか、どこへ行くかとか、その続きを考えていく。で、行き着くところまで行って十句まで作ったら、もう次には自分の中で映像が動かなくなったからもうやめた、みたいなことを書いてたような。

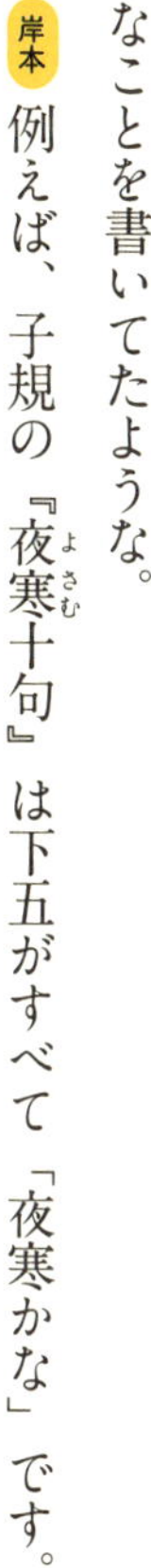

岸本　例えば、子規の『夜寒(よさむ)十句』は下五がすべて「夜寒かな」です。

夏井　十句ずつまとめて作るというのも一つの方法と思いますね。十句を何か一つのパ

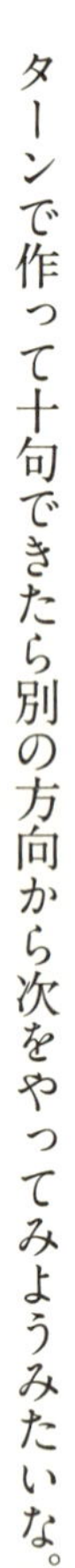
ターンで作って十句できたら別の方向から次をやってみようみたいな。

岸本　十句とか数を決めるのはいいですね。目標があって。

夏井　映像が浮かばないときはもう一つ別の言葉を持ってくるんですね。

岸本　別の言葉を持ってくるとき、**近い言葉から、少しずつ言葉を離していく**んですね。例えば違う名詞に置き換えるとか。

夏井　ここでこの名詞がいいなと思ったら、じゃ、今度はこっちの動詞を変えるとか、すごく堅実な方法を教えてもらった感じがしますね。

岸本　雑談で最初にトランプ大統領の話をしているうちに、いつの間にか町内の猫の話になっている。その間の会話はそれなりに連続性のあるやりとりが行なわれていて、ある瞬間に「じゃ、ここから話題を変えましょう」と誰も言ってないんだけど、いつの間にか話題が変化している。思い出してみると、誰かが何かを言うたびに、だんだん話がずれていったんですね。そんなことと「言葉を置き換えること」とは似ているような気がします。

ドリル 20

付かず離れずの言葉を探す「発想法」

「墓参」という季語を真ん中に書いて、「墓参」のまわりにすぐ思いつく言葉を十個書きましょう。その十個からさらに思いつく言葉を書いてみましょう。ちなみに「墓参」は秋の季語です。

やってみよう／「墓参」から思いつく言葉

ヒント

「墓参」のまわりに思いついて書いた言葉は、多分、全部「墓参」の枠の中におさまっているから、「墓参」から派生した言葉のさらにその外に、さらなる派生語をもう一個書いていってみましょう。

解答例

「蠟燭（ろうそく）」→「ＳＭ」「母」→「愚痴」

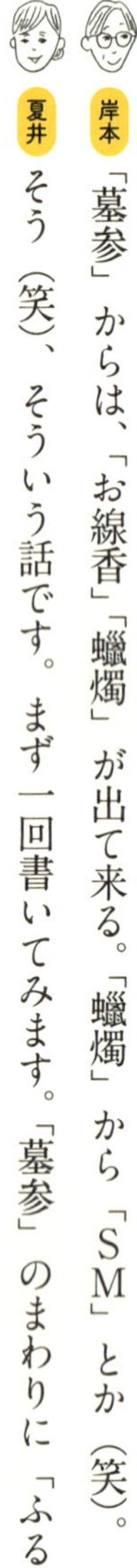

岸本　「墓参」からは、「お線香」「蠟燭」が出て来る。「蠟燭」から「ＳＭ」とか（笑）。

夏井　そう（笑）、そういう話です。まず一回書いてみます。「墓参」のまわりに「ふるさと」「父」「母」「旧友」「山」「川」とか出てくると思います。そこからさらにその外側にいくつか書いて、自分の発想の距離感を自分でつかみます。岸本さんならあっという間に「ＳＭ」まで行っちゃうわけでしょう？　これって、連想される言葉を何個書きましょうっていうのが有効なんですよ。「墓参」から始めて「父」。「父」からまた派生します。「山」から派生します。例えば「母」の次に何て書くのか？「愚痴」とか。

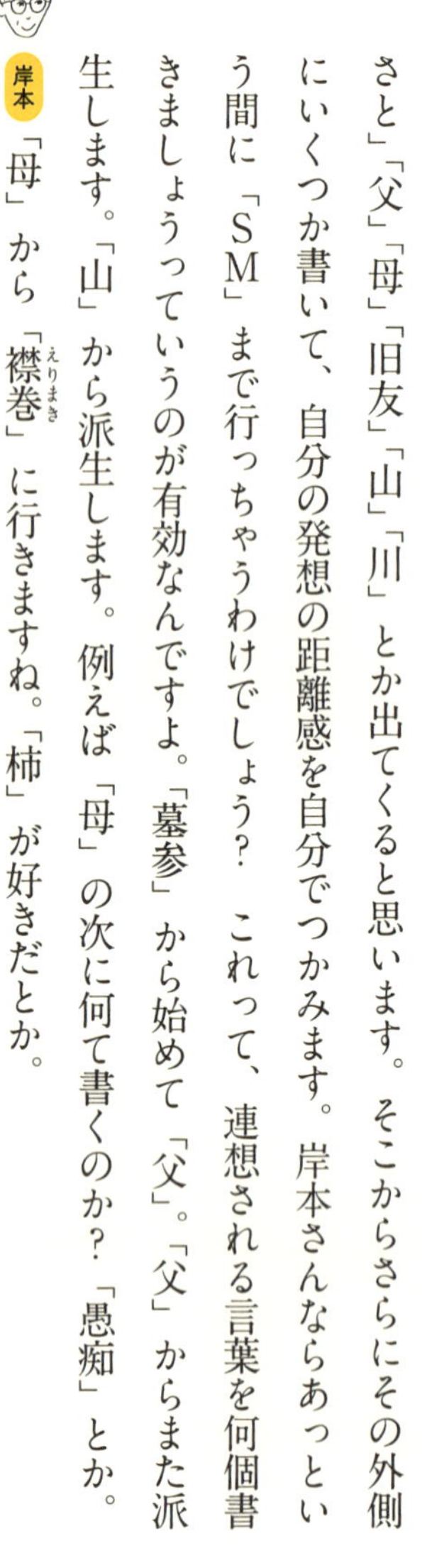

岸本　「母」から「襟巻（えりまき）」に行きますね。「柿」が好きだとか。

夏井　そんなふうに「母」からさらに二つ三つ派生させて、自分の中で「墓参」との距離がうまく取れたと思う言葉に丸をつけてみましょう。

岸本　その丸つけた言葉と「墓参」とで句ができますね。

夏井　やってみましょう。「母」から「味噌汁」はちょっと付き過ぎ。もう少し遠い言葉へ行ってみよう。

岸本　波多野爽波（はたのそうは）は、**一つの季題でたくさん句を作れ**と言っていました。同じ句を二度と作らないわけですから、発想を遠心的に広げていく方法だったんでしょうね。句を作らなくても言葉探しをして二つのキーワードが見つかれば一句できますので、まずはそこから試してみましょう。例えば「墓参」と「ネギ畑」とか。で、そのあとは型の出番です。そこで「なりにけり」を使うと「葱畑をとほる墓参となりにけり」。

●「墓参」から連想

コラム 5

「季重なり」はダメですか？

夏井 「チーム裾野」は、季語らしきものが二つ入ってくると季重なりなんじゃないかという不安を感じるので、ちゃんと解説をしないといけないと思うんですが。どこからどこまでがよくて、どれがダメなのでしょう。

岸本 そもそも芭蕉の句にも季重なりがあります。たとえば「**一家に遊女もねたり萩と月**」の萩（秋）と月（秋）。「**ほろ〳〵と山吹ちるか滝の音**」の山吹（春）と滝（夏）、「**葱白く洗ひたてたるさむさかな**」の葱（冬）と寒さ（冬）などです。

夏井 明治時代以後もそうですよね。

岸本 たとえば「**啄木鳥や落葉をいそぐ牧の木々　水原秋櫻子**」の啄木鳥（秋）と落葉（冬）、「**露の玉蟻たぢ〳〵となりにけり　川端茅舎**」の露（秋）と蟻（夏）、など。ある情景を描いた結果、その中に複数の季語が入ることは当然あり得ます。

夏井 チーム裾野たちは、「季重なりになるからダメじゃん」とかって単純に思い始めるんじゃないかと思うんですよ。芭蕉や水原秋櫻子などにいくらでも季重なりがある。「それなのに、なんで俺たちは一句一季語なんだ」みたいな、そういうところもズルズルと引っかかってくるかなぁとは思うんですけど。

岸本　じゃあどんな「季重なり」の何が悪いかというと、例えば「秋雨」と「秋風」が併存するのはダメですね。**「秋風」や「秋雨」はいかにも俳句ですという季語ですから、これらを併用するとソース味の上にケチャップをかけるようなことになりかねない。**逆に、**たんなるモノとして使われる季語はいくら重なってもいい。**「蛾」と「ひまわり」とか、日常の言葉として使うものであれば、季重なりは全然問題ない。キャベツと玉ねぎを一緒にしても何の問題もないですね。実景としてひまわりに蛾がとまっていたとしたら「ひまわり」と「蛾」が一句の中に併存しても全然問題ない（水原秋櫻子の『俳句のつくり方』）。「短日（たんじつ）」と「冬晴」の併存は苦しいですね。

夏井　私はよく「一句一季語」と言ってますが、これはチーム裾野が失敗しないためのルールです。**「上手になったら季重なりもいくらでもやれるから、チーム裾野のあい**

だは一句一季語で練習しましょうね」と説明しています。そうすると、季語が二つ入ってる句は世の中にたくさんあるから、その句が成立している理由をよく聞かれます。「こっちの季語が強い季語で、こっちの季語が脇役っぽくなってるでしょ?」みたいな説明を期待されるのかもしれませんが、実際、「秋の風鈴」みたいな季語が合体するバージョンもあるし、どっちの季語も同じぐらいの強さを持ってるんだけどどい句もある。

岸本 「秋の風鈴」は「夏の風鈴」の季節のずらしですね。「忘れ扇」と同じです。季語の重複は、日常会話や散文として不自然じゃなければOKです。「ひまわりに蛾のとまりたる夕立(ゆだち)かな」は三つ季語がありますけど全然違和感がない。夏井さんがおっしゃるように、一句一季語は初心者指導として正しいですけど、ルールとして季重なりがダメっていうのは言い過ぎだと思うんです。実作者の立場からいえば、季重なりは全く問題ないと思います。

夏井 はい、私も季重なりは全然問題ないと思います。いつも「チーム裾野じゃない富士山（俳句を富士山にたとえて。つまり最高クラスの俳句）の八合目以上ぐらいの人は、季語が二つあっても三つあっても名句が作れるんだ」って説明するんです。で、「あなたたちチーム裾野も、やりたかったらやってもいい。ただ、たぶん、失敗する」と。で、「一句一季語から始めて、いつか季重なりの名句が作れる八合目を目指して俳句作っていこうね」みたいな言い方をするんです。

レッスン 8

一つの言葉を用いた「題詠」

席題では、漢字一文字だけがお題として出されることがあります。そんなときにも、困らないレッスンです。

ドリル 21

季語の「猫」を詠み込む（猫の恋、猫の子）

題一つのほうが、句作の自由度が高い。だから難しいとも言えます。身近な存在で、季語にも読み込める「猫」を詠み込んで句を作ります。題詠のアプローチとしては、そのものそれ自体を詠むか、人間と組み合わせるか、自然と組み合わせるか、そのあたりに入り口がいくつかあります。どの詠み方にチャレンジしますか。

やってみよう／「猫」の季語で一句

解答1

自然現象としての「猫の恋」を他の自然現象と取り合わせる

恋猫（こいねこ）のごう〳〵として藪（やぶ）の月　原石鼎（せきてい）

猫の恋静まり月の梅となる　吉田週歩

岸本　「猫」という題が出たとき、「猫」を季語に用いるアプローチがあります。「猫の恋」「猫の子」「竈猫」です。「猫の恋」の詠み方ですが、過去の例句では「猫の恋」と自然現象を取り合わせたものがあります。「猫の恋」も自然現象の一部であるというようなアプローチです。

夏井　「月」が多いってことですか。

岸本　どちらも月夜の句です。「月」と「恋猫」は相性がいいんでしょうね。

解答2

「（恋）猫」そのものを描写

膝（ひざ）の猫耳そばだてゝ夫（つま）や来し　赤星水竹居（あかぼしすいちくきょ）

恋猫の夜毎（よごと）泥置く小縁かな　本田あふひ

猫の恋藪荒神（やぶこうじん）をないがしろ　川上白葉

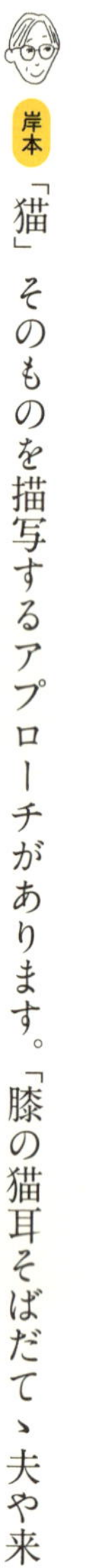

岸本　「猫」そのものを描写するアプローチがあります。「膝の猫耳そばだてゝ夫や来し」の耳をそばだてるのは雌猫（めすねこ）です。「恋猫の夜毎泥置く小縁かな」は家に上がってくるとき猫が泥をつけるんでしょうね。「猫の恋藪荒神をないがしろ」は荒神様の祠（ほこら）を荒らしたのでしょう。

解答3

日常身辺の点景として「恋猫」を添える

四五匹の恋猫屋根に妻病めり　中村吉之丞(なかむらきちのじょう)

猫の恋後夜(ごや)かけて父の墓表(ぼひょう)書く　中村草田男

岸本 作者の中村吉之丞は歌舞伎役者ですね。萩原朔太郎(はぎわらさくたろう)の『月に吠える』の「猫」には「おわああ、ここの家の主人は病気です」という一節があります。

夏井 「後夜かけて」ってどういう意味なんですか。

岸本 「後夜」は夜の後半です。「後夜かけて」はほぼ「一晩中」という意味だと思います。

解答4

「猫の子」そのものの描写

猫の子や腹をちゞめて一尿（ひといばり）　小川素風郎

猫の子の這ひ広がれる畳かな　感来

夏井　「腹をちゞめて」はよく見てますね。

岸本　「猫の子の這ひ広がれる畳かな」は「猫の子」が何匹かゾロゾロゾロゾロといる様子が見えます。

ドリル22

猫が季語でない句の例
猫と他の季語とを取り合わせる

「猫」が季語ではないケースを考えてみましょう。
季語を入れて詠んでみましょう。

やってみよう／「猫」で一句

解答1

猫と植物

裏に猫表に犬や夕ざくら　相島虚吼（あいじまきょこう）
水鏡してゐる猫や濃山吹（こやまぶき）　青纓
露草に猫足高く歩きけり　北星
緑蔭（りょくいん）に黒猫の目のかつと金　川端茅舎
芍薬（しゃくやく）へ流眄（ながしめ）の猫一寸伝法（ちょっとでんぽう）　川端茅舎

岸本 植物の季語と猫を取り合わせた句が多いですね。菱田春草（ひしだしゅんそう）の「黒き猫」も柏の木と黒猫です。「裏に猫表に犬や夕ざくら」は桜の表側と裏側に犬と猫がいるんでしょう。植物と猫はきれいな句が多くて、「水鏡してゐる猫や濃山吹」は猫が水に映っている。「露草に猫足高く歩きけり」は濡れないように歩いてるんですかね。

夏井 あ、「かつと金」は茅舎なんだ。黒猫の黒の保護色がよく効いています。思わず目に注目してしまう。

解答2

猫と自分自身の関わり

帰り来ぬ猫に春夜の灯を消さず　久保より江
肩の上にいつも仔猫や菊いぢり　五十嵐播水
風邪の顔踏んで這入りし子猫かな　宮崎草餅

岸本　「帰り来ぬ猫に春夜の灯を消さず」は猫のために灯をつけてあげているんですね。「肩の上にいつも仔猫や菊いぢり」は子猫を肩の上にのせている。「菊いぢり」が季語です。「風邪の顔踏んで這入りし子猫かな」は布団に入ってくるのかな。

解答3

猫と人物（自分以外）
涅槃会（ねはんえ）の閑（ひま）な和尚（おしょう）や猫が友　藤垂白
ねこに来る賀状や猫のくすしより　久保より江
障子あき妻よりさきに猫入り来　桂居

岸本　自分以外の人物と「猫」とを取り合わせた句では「涅槃会の閑な和尚や猫が友」。「ねこに来る賀状や猫のくすしより」は犬猫病院からお得意様に年賀状が来るんでしょう。

夏井　この時期としてはモダンな感じなんでしょうね。

岸本　大正十五年の句です。「障子あき妻よりさきに猫入り来　桂居」も面白い。「**川床（ゆか）に出る女将（おかみ）に猫のつきまとひ　中田余瓶**」という句もあります。

解答4

猫と他の動物

欠伸（あくび）猫の歯ぐきに浮ける蚤（のみ）を見し　原月舟

蜘（くも）の巣に猫ひれ伏して渡るなり　池田去水

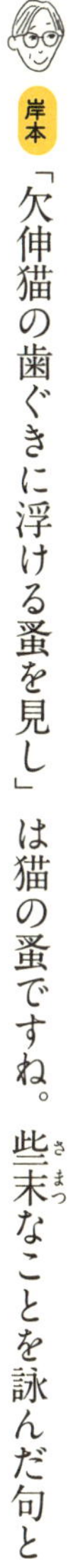

岸本　「欠伸猫の歯ぐきに浮ける蚤を見し」は猫の蚤ですね。些末（さまつ）なことを詠んだ句として有名です。

夏井　えー？　「浮ける」んだ（笑）。

岸本　猫の歯茎に何かくっついてる。よく見たら蚤が唾液に浮いているんでしょう。「蜘の巣に猫ひれ伏して渡るなり」は蜘蛛（くも）の巣の下を、頭を下げて通るんですね。

解答5

そのへんにいる猫
ぬすと猫よぎりしまゝに日向水（ひなたみず） 高田一大

岸本 「ぬすと猫よぎりしまゝに日向水」はサザエさんの歌みたいですね（笑）。

夏井 猫だけでこれだけのバリエーションができるなら、他の生き物もこういう感じでやれば作れるんだと想像できますね。「猫」という文字の詠み込みでも詠めますね。他には、「猫」と関係ない「猫」の字の入る熟語などもありますね。「猫車」「猫八さん」とか。

岸本 「借りて来た猫」「猫足」「猫かぶり」「猫いらず」もありますね。

夏井 「猫舌」「猫の額」「猫背」「猫だまし」も、「猫」のお題の句では、よく出てきます。「まる裏俳句甲子園」という大人の俳句甲子園が冬に開催されているのですが、二〇一六年の予選の題が、「宝」の一字だったんです。開けてビックリですよ。「宝」を使った季語は「宝船」や「宝引(ほうびき)」ぐらいしか思いつかない。あとは「宝石箱」のような、似たような発想しか出てこなくて、苦心惨憺(くしんさんたん)、無理矢理な句がいっぱい出てきました。詠み込みの場合、その一字が持っている言葉の世界が、非常に限られているときがありますでしょう。このときは、大変でした。

岸本 「宝塚」とか（笑）。

夏井 「宝塚」もありましたね。「宝田明(たからだあきら)」とか（笑）。人名とか地名とか、たくさん出ました。

岸本 「宝焼酎」はどうですか。

夏井 あ、それさすがになかったな。

ドリル23

「忘」という漢字を詠み込む

季語を入れて詠んでみましょう。

やってみよう／「忘」の字で一句

解答1

何か(物)を忘れる

忘杖蛇（わすれづえへび）ともならず草清水（くさしみず）　田士英

あがりたる船を忘れし遍路（へんろ）かな　奈良鹿郎

在（あ）ることも忘れ見慣れし屏風（びょうぶ）かな　今井つる女

岸本 「忘れる」という題が出たとき、何を忘れるかという切り口で発想が浮かんできます。「忘杖蛇ともならず草清水」は「杖」を忘れたのでしょう。

「あがりたる船を忘れし遍路かな」は解釈が二つあります。似た船がたくさんあって、「俺、どの船に乗ってきたんだっけ」という解釈。それとも、遍路が次の札所を目指していくのだとすれば、スタスタと歩きだして「船」のことはもう忘れてしまったという解釈。「スタスタ」のほうがありそうな解釈でしょう。「在ることも忘れ見慣れし屏風かな」は「屏風」の存在を忘れたという意味です。

解答2

事柄を忘れる

忘れゐし苗代寒の来(きた)りけり　緑村

岸本 「忘れゐし苗代寒の来りけり」は忘れた頃に「苗代寒」がやってくるという意味だと思われます。

解答3

「忘」を用いた言葉

馬刀(まて)突くや藻浮かべたる忘れ潮　大津漁舟

岸本 「忘」の字の「詠み込み」では「忘れ潮」のような「忘」の入っている言葉を使った例があります。

解答4

心情を伴った「忘れる」

旅愁あり水鶏(くいな)月夜(づきよ)に寝忘れて　松本たかし

毛糸編む忘れしはずの面影を　古川悦子

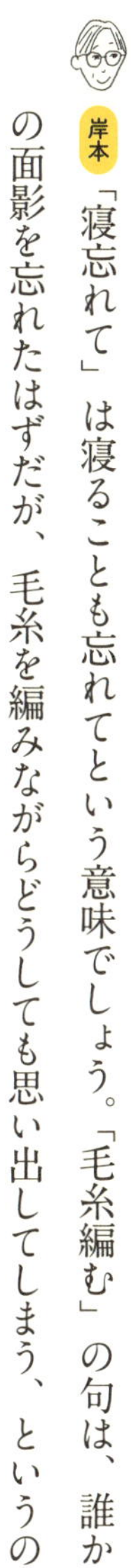

岸本　「寝忘れて」は寝ることも忘れてという意味でしょう。「毛糸編む」の句は、誰かの面影を忘れたはずだが、毛糸を編みながらどうしても思い出してしまう、というのでしょう。

解答5

人間でないモノ（主語）が忘れる

蝶々の追はれたること忘れけり　中田みづほ

月明(つきあか)し萎(しぼ)み忘れし芙蓉(ふよう)あり　五十嵐播水

岸本 「蝶々の追はれたること忘れけり」はケロッとして飛んでるんでしょう。「月明(つきあか)し」は文字通り月が明るいのです。夜には萎むはずの芙蓉の花が、月明かりの中、萎まないで残っているのです。

解答6

（世の中に）忘れられる

世をわすれ世に忘れられ日向(ひなた)ぼこ　松尾いはほ

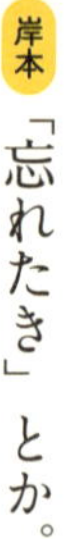

夏井 この忘れられ方ならいいかと「日向ぼこ」が思わせてくれますね。「忘れる」という動詞の場合、逆パターンもありますね。「忘れない」のように、動詞の題が出たときには否定するとか。あるいは、「よし忘れよう」とか。

岸本 「忘れたき」とか。

夏井 そうですね。発想として、ちょっと違ったところに踏み出してみましょうというアプローチは可能ですね。でも、「忘れない」なんて安易に使うと、やたらめったら似たような演歌みたいな句がいっぱい出来そうですよね。

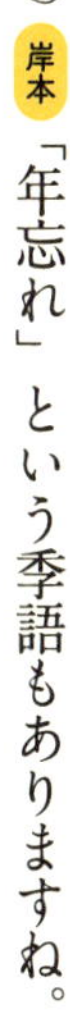

岸本 「年忘れ」という季語もありますね。

自由闊達(かったつ)であること──虚子先生のトンデモ選句

岸本 「虚子先生のトンデモ選句」ということで、高濱虚子が『ホトトギス雑詠選集』に選んだ句の中からユニークな作品を拾ってみました。

親芋の子芋にさとす章魚(たこ)のこと　フクスケ

夏井 何てったって「親芋の子芋にさとす」は、なぜこれに惹かれてしまうんだろうと逆に思ってしまうけど（笑）、何なんでしょう。

岸本 漫画ですよね。

夏井 こんなことやっていいって思いにくいでしょう？　でも、飄々(ひょうひょう)として、なんだか愉快だし。親芋が子芋に何て諭してんのかって想像するだけで、馬鹿馬鹿しく楽しいですよね。

岸本　タコと仲良くするようにというのか、それとも（笑）。

夏井　「うっかりタコと炊かれると向こうが主役になっちゃうから、おまえ気をつけろよ」とか、「タコのやつはいろいろ腹黒いところもあるから」とか（笑）いろんなことが言えるんじゃないかな。こんな句に出合うと、子どもたちの発想を柔軟にする授業で絶対使えるなって思うんですよ。「何て言ってると思う？」って正解がないじゃないですか。何を言っても正解になっちゃうみたいな。できるだけ人と違うことを考えつつ、親芋も子芋もタコもいきいきとするようなストーリーを考えてみようといった感じで、教材としていいなとか思ってしまう（笑）。私が面白がってるのは、こういうところです。

七十の妹が掃く落葉かな　田畑比古

岸本　「七十の妹」が何とも言えないですね。

夏井 年齢の力って大きいですよね。

岸本 「八十の妹」だったら句として苦しいですね。八百屋お七とか、七五三の七とか、女性って七が肝なのかな。六十でも嫌ですね。三十でもおかしい。「七十」は絶妙ですよね。

夏井 言われてみると、ひしひしと今思い始めました。四十もダメですよね。出戻ってるみたいで。「七十」、本当絶妙だ！

岸本 男だと「六十の弟が掃く落葉かな」かな（笑）。

夏井 （笑）。年齢を変えたら、その人物がおじとかおばとか、祖父とか祖母とかになっていくんですね。それもまた取り合わせですよね。

風邪の犬足ももたげず尿りけり　相島虚吼
風邪の犬訴ふる眼をむけにけり　相島虚吼
猫の子のすこしねぶりぬ親の飯　呂杣

猫の子のふるへふんばる畳かな　蘇甫

猫の子のつく〲見られなきにけり　日野草城

泣き虫の子猫を親にもどしけり　久保より江

屑籠の倒れて出でし子猫かな　古川迷水

夏井　猫好きの人にはこたえられないでしょうね。「猫の子のすこしねぶりぬ親の飯」とか（笑）、飄々としておかしいし。先にもお話ししましたが、猫だけでこれだけのバリエーションとか表情の違いが表現できるといわれたら、ほかの生き物もこういう感じでやれば作れるんだ、みたいなのは想像できるんじゃないですかね。

岸本　犬の惨めな表情もいいですね（笑）。「風邪の犬」とか。

夏井　あれも好き（笑）。

きらはれてゐるとも知らず春火燵　酒井小蔦

夏井 一人が火燵にいて、もう一人がうれしそうに入ってきた。それを横目で見て、「あら、岸本君、嫌われてるのがわかんないのに春火燵に足つっこんできて、かわいそうに」みたいな感じ（笑）。

岸本 男女という解釈ですね。男は勝手にのぼせ上がって、火燵の中で手を取ったりして、女は「あいつ、私に嫌われてるの知らないのよ」とね。

夏井 で、そういうのを見てる横のお節介なおばさんが「どんなに言い寄ったって無理なのにさ」みたいな。

渦まきに吸はるゝ虫やちる柳　佐久間法師

蛭（ひる）の紐蛙の眼よりたれにけり　相生垣秋津（あいおいがきしゅうしん）

草餅についてあがりし木皿かな　秋峰

夏井　「草餅についてあがりし木皿かな」もめっちゃおかしいですよ。

岸本　草餅を持ち上げたら、お皿が持ち上がった。

夏井　はい、一緒に。あるよねえ。あるけどさあ。

岸本　細か過ぎておかしいというやつですね。

夏井　細かいやつで、リアル過ぎて気色悪い系と、その「木皿」みたいに、なんかかわいらしくて笑っちゃうのと、味わいがここまで違うから。

岸本　(笑)。私「渦まきに吸はるゝ虫や」も好きなんです。水面の渦にツツツツと、浮かんだ虫が吸われて、「ちる柳」が絶妙なんですね。

夏井　「渦まきに吸はるゝ」のほうはね、句としてその情景を思い浮かべたときに、素直に共感ができるんです。で、その隣の句は……「蛙の眼」から垂れるんですよ。うわーですよ。

夜長人耶蘇(やそ)をけなして帰りけり　普羅

諭されて醜女娶りぬ芋の秋　武子
花の下ぢゞばゞ踊る皆わらふ　河野静雲
花喧嘩一人の鼻血ほとばしる　久保虹城
象の鼻少し不出来や花祭　相原雨稲
踊の手さらひつゝ行く街小春　小川辰弥
親方のあれが妾や鰊群来　小野寺夢城

岸本　卑俗な句を拾いました。「夜長人耶蘇をけなして帰りけり」とか「諭されて醜女娶りぬ芋の秋」。

夏井　これもおかしい（笑）。「鼻血」とか、そういう言葉で卑俗にしてるタイプのやつと、「ぢゞばゞ踊る皆わらふ」みたいな、妙な言葉は入れてないんだけど卑俗なタイプとに分かれますよね。それと人間関係が卑俗な「親方のあれが妾や」とか。私、あれも好きだった。「象の鼻少し不出来や花祭」っていうの。一生懸命飾ってみたもの

――の……みたいな。

畑に捨てし下駄の目鼻や陽炎（かげろ）へる　法師

夏井　畑に捨ててあった「下駄の目鼻」に一回焦点が行って、それから、スーッと遠景に自分の視線が離れていって、「下駄」と私のあいだに「陽炎」が立ちのぼっていくような不思議な臨場感はありますね。

窓の下ちゆうりつぷ聯隊（れんたい）屯（たむろ）せり　中村秀好

岸本　描写を入れないと句が宙ぶらりんになっちゃいます。「ちゆうりつぷ聯隊」の面白さが目立ちますけど、「窓の下」という描写で句を押さえています。

レッスン9

クイズで「取り合わせ」

片方の「何か」を固定した上で、もう一つの「何か」をどう見定めるか。「言葉探し」の感覚を養うための練習を行ないます。

芭蕉門の俳人に、①**「灰汁桶の雫やみけりきり〴〵す　凡兆」**、②**「木枕のあかや伊吹にのこる雪　丈草」**という句があります。句の意味は、

①洗濯などに使う「灰汁」をとるための「灰汁桶」から垂れている雫がふと止んだ。コオロギが鳴いている。

②木枕に人の垢がついている。見れば伊吹山に雪が残っている。

灰汁桶の雫が止んだことと「きり〴〵す」(コオロギの古名)とは何の関係もありません。木枕の垢と伊吹山の残雪も何の関係もありません。**関係のない事柄と事柄が一句の中で出合うと、そこに詩情が生まれます。**

①は秋の夜の静かな時間と空間を感じます。②は、春まだ寒い頃の空気感に加え、

淋しさ、人懐かしさのようなものを感じます。このような「取り合わせ」の妙は俳句の重要な一面です。

レッスン9では、何かと何かを取り合わせるための発想を学びます。

実際の句作の場面でも、どの季語を使おうかと歳時記をめくりながら思案することがあります。そんな感覚でクイズを楽しんでください。

ドリル **24**

同じ季語を入れる

次の三句の○○には同じ季語が入ります。次の季語のどれが入るでしょう。

- 家富んで朝暮（ちょうぼ）の粥（かゆ）や○○
- 鶏（とり）掻いて痛めし土や○○
- 落日に蹴合（けあ）へる鶏や○○

【百日紅（さるすべり）　桐の花　薔薇の花　鳳仙花（ほうせんか）　梅の花】

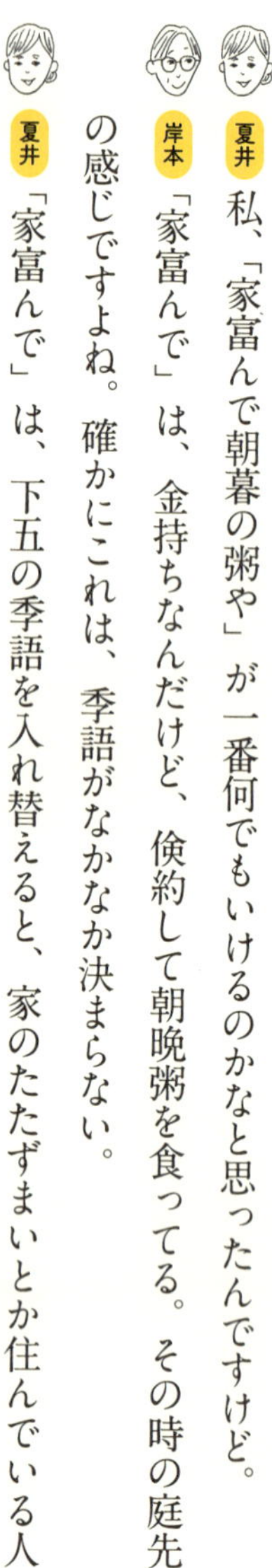

夏井　私、「家富んで朝暮の粥や」が一番何でもいけるのかなと思ったんですけど。

岸本　「家富んで」は、金持ちなんだけど、倹約して朝晩粥を食ってる。その時の庭先の感じですよね。確かにこれは、季語がなかなか決まらない。

夏井　「家富んで」は、下五の季語を入れ替えると、家のたたずまいとか住んでいる人

がどんどん変わってきますよね。「薔薇の花」とかなら、あ、洋館っぽい感じかなとか思う人も出てくるだろうし。

岸本　「桐の花」だと金持ちの農家みたいな感じとかね。

夏井　「落日に蹴合へる鶏」は、「百日紅」でも「梅の花」でも句になります。

岸本　一方、「鶏搔いて痛めし土や」は、足元ですね。

夏井　うん、そんな気がする。

岸本　地面に近いですね。細かい景色です。だから、「桐の花」や「薔薇の花」は除かれますね。

夏井　そのヒントが出たら、視線が下がって「鳳仙花」しかなくなっちゃうんじゃないですか。

岸本　ご名答です。順に**「家富んで朝暮の粥や鳳仙花　飯田蛇笏」「鶏搔いて痛めし土や鳳仙花　西山泊雲」「落日に蹴合へる鶏や鳳仙花　蛇笏」**です。

ドリル 25

月の使い分け

○○にはそれぞれ別の「月」を使った季語が入ります。どれが入るでしょう。

- 兵役の無き民族や○○
- 遠まきの星にまもられ○○
- 羽織著(き)ていとほしむ身や○○

【今日の月　月の秋　十三夜】

岸本 ドリル25はわかりやすいと思います。選択肢は「今日の月」「月の秋」「十三夜」の三種類。「十三夜」は後(のち)の月（旧暦九月十三夜のこと）ですから、秋が深い感じになりますね。

夏井 「兵役の無き民族や」、国ではなくて民族ですか。これはどっしりとした「月の秋」ですね。

岸本 ご名答です。「**兵役の無き民族や月の秋　石島雉子郎**」。叙景でなく、事柄を詠んでます。

夏井 「遠まきの星にまもられ」は、中秋の名月のその日を指す「今日の月」しかないですよね。

岸本 おっしゃるとおり。「**遠まきの星にまもられ今日の月　林さち子**」の末尾は「月」がいいですね。

夏井 となったら「羽織著ていとほしむ身や」は「十三夜」ですね。

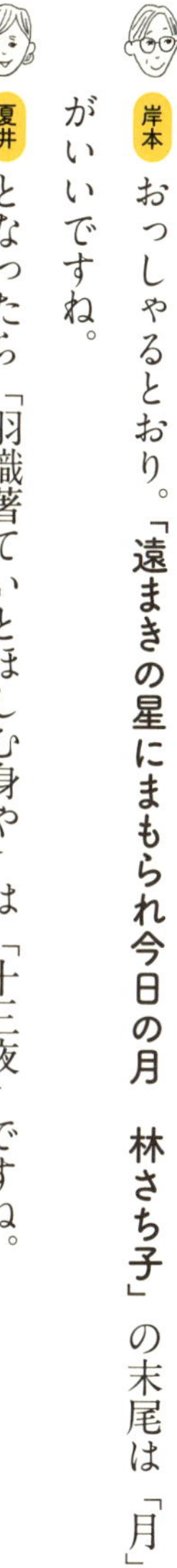

岸本 そうです。「**羽織著ていとほしむ身や十三夜　稲田都穂**」はちょっと寒い感じです。

ドリル **26**

気分が似ている春の季語

〇〇にはそれぞれ別の春の季語が入ります。
次の季語のどれが入るでしょう。

- 〇〇やお化（ばけ）が出たる紙芝居
- 〇〇や畳に生えし太柱
- 〇〇や見てみぬふりの鹿をかし
- 〇〇や願事（ねぎごと）なくて神詣（かみもうで）

【暖か　うららか　永き日　長閑（のどか）さ】

岸本　選択肢がどれも春の時候の季語で、全部似てるんです。

夏井　与（くみ）しやすいところからかかるしかないですね。「畳に生えし太柱」。

岸本　畳からぬっと柱が生えてるんでしょうね。

夏井　季語から迫ったほうがいいかな。「永き日」がこの三つの中で気分が違うのかな。「永き日」はなんとなく「畳に生えし」って感じがする（笑）。

岸本　正解です。**「永き日や畳に生えし太柱　瓦全」**です。

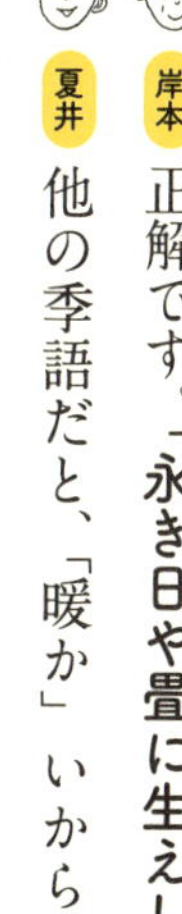
夏井　他の季語だと、「暖か」いから生えたとか、「うららか」だから生えたとか、「長閑」だから生えたみたいな気がする。

岸本　「畳に生えし太柱」はその情景を見留めた瞬間に目に映った景色そのものです。

夏井　景そのもの。

岸本　「お化が出たる紙芝居」は、紙芝居見てたらお化けが出てきたとか、「見てみぬふりの鹿をかし」も鹿がこっちを見てるとか、「願事なくて神詣」もそうですが、行動とか出来事がありますね。紙芝居を見てるとか、鹿がどうしたとか、神詣でに行ったとか。

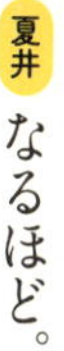
夏井　なるほど。

岸本　一方、「畳に生えし太柱」は行動や出来事ではなくて……。

夏井　景。

岸本　はい、純粋な景ですね。**純粋な景と一番合いそうなのは「永き日」**なんでしょうかね。

夏井　へぇー、面白い。

岸本　**「永き日」のある断面として「畳に生えし太柱」がある。**いっぽうで**「うららか」とか「長閑」とかは「気分」**ですね。「お化が出たる紙芝居」は「長閑」か「うららか」か「暖か」か。

夏井　どれでも入りはしますよね。でも……なんとなく「暖か」が面白いですね。「お化が出たる」だから、「うららか」とか「長閑」じゃないような気がしたのかな。

岸本　ご名答。**「暖かやお化が出たる紙芝居　松藤夏山」**です。

夏井　「鹿」はどっちなんだろう。「長閑さや」かな。

岸本　「長閑」と「うららか」はどちらでもいけますね。答えは、**「うらゝかや見てみぬふりの鹿をかし　竹内敏子」「長閑さや願事なくて神詣　修山人」**です。

夏井　え、そうなんですか。

岸本　たぶんそれは、文芸的に正解だということではなくて、作者がそう作ったという事実としての答えなんですね。

ドリル 27

頭に春の付く季語

○○にはそれぞれ別の頭に春の付く季語が入ります。次のどれが入るでしょう。

- ○○や弟子もとらずに指物師
- ○○や女主に女客
- ○○や主人音なく長厠
- ○○や柱にのこる刀痕
- ○○や優しき母に不足あり

【春寒　春愁　春雨　春昼　春雷】

夏井　これも難しいですよ。これは、「すべて頭に春がつく季語です」って言われたときに困惑する（笑）。でも、「優しき母に不足あり」で、一瞬「春愁」かなと思って、

そんなベタつきなことはないだろうとか深読みしてしまう。「春雨」かなと。

岸本　なるほど。確かに出題句すべて「春雨」でも句になりますね。**「春愁や優しき母に不足あり　岸本夏栗」**が正解です。

夏井　そうですよね（笑）。

岸本　「春寒」も全部の句に当てはまります。**「春寒や弟子もとらずに指物師　素堂」**が正解ですが、「春寒や女主に女客」も可能です。だから、**取り合わせというのは、必ず最適なものを見つけるということではなくて、もうその場の出合い頭でいいんです**よと。季語が動くとかいわれても、気にしないという考え方もある。

夏井　（笑）

岸本　「これ、春雨より春昼のほうがいいんじゃないの？」ってみんな勝手に岡目八目で言いますけど、作者が決めたらそれでいいんです。同じような季語がいっぱいあるんだからと、割り切ってもいいんです。**「春雨や柱にのこる刀痕　有田平凡」**です。

夏井　それでもやっぱりダメなというのは、**音を詠んでるのに音の季語を合わせようと**

することですね。

岸本　たしかに「主人音なく長厠」に「春雷」はおかしい（笑）。

夏井　春雷が鳴ってれば、そりゃ厠の音は聞こえませんよねって（笑）。

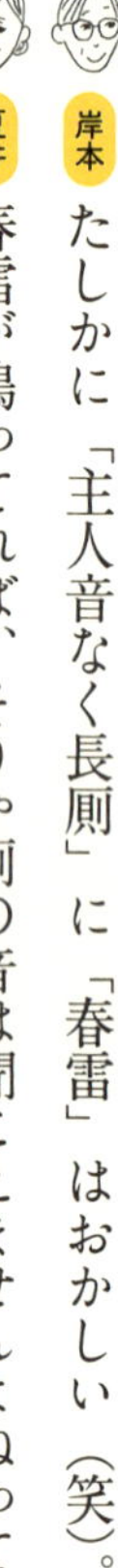

岸本　このクイズでは、「人事」的なものというか、季節性のない現象を並べました。俳句って、季節性のない現象に季語をつけて、その季語の世界に引きずり込んでいるので、季節性のない現象にどの季語をつけるかって、すごくいい加減なところもあるんですね。季語が動くという議論は限界があるんです（笑）。

夏井　岸本さんがおっしゃった「出合い頭でいい」というのは、作る側には励ましになりますね。よく「だって、このとき、こうだったんです（こうなっていたんです）」とおっしゃる方がいらっしゃいますけど。自分にとっての真実というのがそこにひとまずあるってことですね。でも、その上で、「『音なく』と言ってるのに『春雷』じゃないよね」というのも、ありますよね。

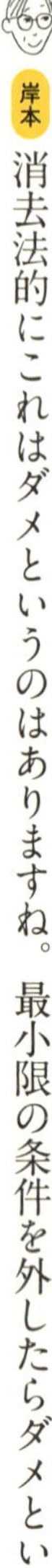

岸本　消去法的にこれはダメというのはありますね。最小限の条件を外したらダメとい

う線はありますが、これしかないという唯一の十分条件はないと思ったほうが気楽でしょうね。

夏井 あ、そういう言い方してもらったら納得がいきますよね。

岸本 残った答えは、**「春雷や女主に女客　星野立子」「春昼や主人音なく長厠　楠目橙黄子（くすめとうこうし）」**です。

ドリル 28

秋の季語

○○にはそれぞれ別の秋の季語が入ります。
次のどれが入るでしょう。

- ○○や見入る鏡に親の顔
- ○○や白きてのひらあしのうら
- ○○やいそしみ打てるタイピスト
- ○○や任地いやがる友の立つ
- ○○や返され嫁の荷宰領（にさいりょう）

【今朝秋（けさあき）　秋雨　秋晴　秋風　新涼】

岸本　秋バージョンです。「人事」的な句を並べました。全部の句が「秋風」でいけますね。

夏井　あ、本当だ。

岸本　「新涼」でもたぶん全部いけますね。

夏井　あ、本当だ。「新涼」でもいける。

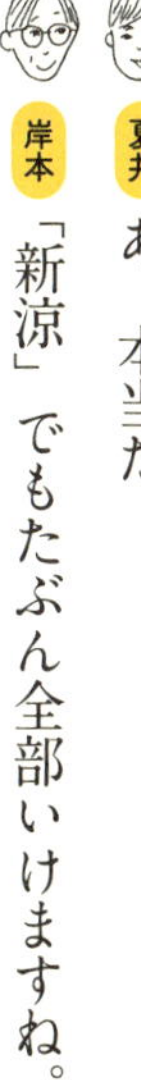

岸本　時候の季語って万能なんです。

夏井　これ全部、答えがきっちり入るタイプの問題ですか?

岸本　そうなんですが、「**秋晴やいそしみ打てるタイピスト　中田みづほ**」は難しいですね。

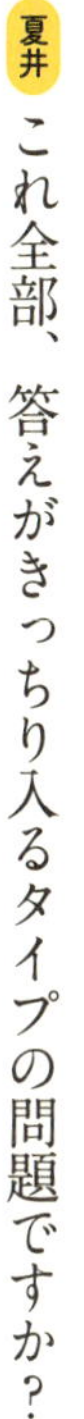

夏井　これ「秋晴」なの? えー? それ難しい。

岸本　外は秋晴れで、事務室にこもってタイピストが仕事してるんですね。「**秋風や任地いやがる友の立つ　池田義朗**」はいかにも「秋風」。「**秋雨や返され嫁の荷宰領　雉子郎**」はいかにも「秋雨」……。離縁された嫁の嫁入り道具を引き揚げるため、実家から人が来て「荷宰領」(荷物の運搬の指揮・監督)をしている場面です。

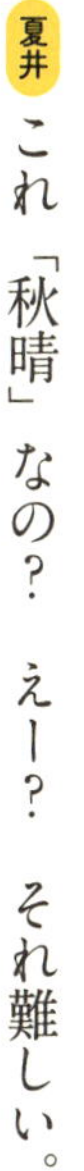

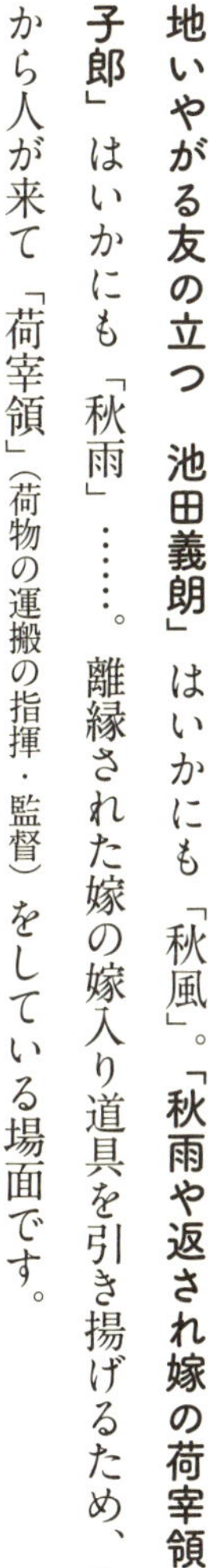

夏井　これ切ないい(笑)。

岸本　答えを見ると、いかにもそれっぽいんです。じゃあ実際にどの季語を付けますか
というと難問です。

夏井　難しい。「今朝秋」でも全部いけそうな気がしてきた。時候の季語はたしかに万能ですね。困ったときは時候の季語を頭に置いて、そこらへんに起こった出来事を七と五で作っときゃ、なんとかなるよってことですね。

岸本　そうなんです。

夏井　どんな入門書や（笑）。

岸本　まあ、それでいい句ができるわけですから。できた句を見るとどれもいいんだけど、作るプロセスを説明しようとすると、説明に窮しちゃうところはありますね。

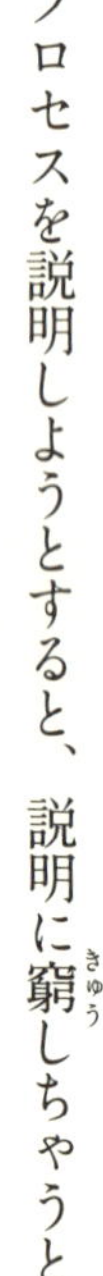

夏井　中七、下五をきちっと人事で作って、あと何か入れればいいということですか？
（笑）。

岸本　そうなんです。季語と何か別なものの取り合わせですが、自由ですね。

夏井　言い換えると、**「今朝秋」や「新涼」のような万能な季語を使うときには、中七、**

下五にとにかく映像なり人なり物が見えないと、逆に失敗するということもいえますよね。

岸本　そうそう、そうです。中七、下五できっちり物が見えてるから、上五にどんな季語をつけても俳句は持ちこたえるんですね。残った答えは、「今朝秋や見入る鏡に親の顔　村上鬼城（むらかみきじょう）」「新涼や白きてのひらあしのうら　川端茅舎」です。

ドリル **29**

似ている季語

○○にはそれぞれ別の季語が入ります。
次のどれが入るでしょう。

- ○○や籠鳥(かごとり)釣れば籠の影
- ○○や駕籠(かご)屋(や)嬲(なぶ)りの気儘(きまま)旅(たび)
- ○○や人の若さの妬(ねた)まるゝ
- ○○や読む新聞を犬の踏む
- ○○や石売れて行く園悲し

【草萌(くさもえ)　紅梅　下萌(したもえ)　白魚(しらうお)　啓蟄(けいちつ)】

岸本 「籠鳥釣れば籠の影」は軒先に鳥籠を釣ったら籠の影ができるのかな。

夏井 そうか、消去法にしないといけないんだ。「籠鳥」の季語は、少なくとも「白魚」

は違うなとか。

岸本 「白魚」はありえませんね。もっと足元の季語ですね。「読む新聞を犬の踏む」は「新聞」をどこかに置いて読んでるところを「犬が踏む」んだから、下のほうでしょう。「石売れて行く園悲し」は庭園です。

夏井 絶対違うっていうのを外しながら可能性を横に書いていって、可能性同士を突き合わせてやらないといけないんだ。

岸本 「読む新聞を犬の踏む」だと、「草萌」か「下萌」ですね。

夏井 この選択肢の中でなら。

岸本 「啓蟄」もどこかに使いますね。「人の若さの妬まるゝ」は、なんとなく「人の若さ」を妬むようなきっかけになるものですね。「紅梅」はありえますね。

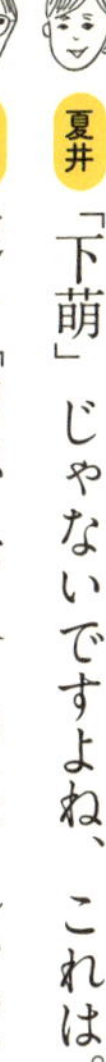

夏井 「下萌」じゃないですよね、これは。

岸本 逆に「白魚」が入るのはどれかっていうと、意外にないんだ（笑）。「人の若さ」に「白魚」は入らないですからね。

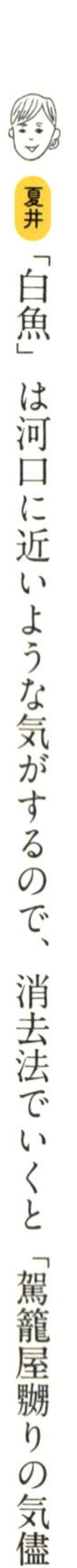

夏井　「白魚」は河口に近いような気がするので、消去法でいくと「駕籠屋嫐りの気儘旅」でしょうか。

岸本　ご名答です。**「白魚や駕籠屋嫐りの気儘旅　永田青嵐」**です。落語みたいな。「駕籠屋」を「嫐り」ながらの弥次喜多道中みたいな。

夏井　「啓蟄」がわからない。鳥籠が「紅梅」か「草萌」、それとも「下萌」。

岸本　「下萌」のほうが薄い。「草萌」のほうが草の青さが出ます。

夏井　「犬の踏む」のほうが「下萌」っぽい？

岸本　草が生えてたほうがフワッとして新聞を置くのにいいかもしれません。

夏井　では、「人の若さ」が「紅梅」ですね。

岸本　ご名答です。**「紅梅や人の若さの妬まるゝ　美智子」**です。

夏井　残りは、「下萌」「草萌」「啓蟄」が入る。「籠鳥」は「啓蟄」ではない。「啓蟄」も生き物というか虫っぽいから、「犬」も違うような気がする。消去法でいくと、「石」が「啓蟄」っぽい。

岸本　ご名答です。**「啓蟄や石売れて行く園悲し　麻田椎花」**です。「啓蟄」で虫は出てくるんだけど、自分の家は零落していくような、その情緒が出てますね。

夏井　では「籠鳥」と「犬」は結局……。

岸本　**「下萌や籠鳥釣れば籠の影　原石鼎」**と**「草萌や読む新聞を犬の踏む　岩木躑躅」**です。

コラム 7

句に季節を呼び込む

今はあまりはやりませんが、「島の春」「水の秋」などの形は、他に季語がなくても、句に季節を呼び込むことができます。秋の句の例を挙げてみましょう。

我子病めば死は軽からず医師の秋　雉子郎
彼(か)の女今日も来て泣く堂の秋　河野静雲
児轢(ひ)きし馬車追ふ人や村の秋　関萍雨
見えがてに遅るゝ人や野路(のじ)の秋　池内たけし
看護婦のひまあれば立つ窓の秋　海扇
倒木にのりて枝打つ杣(そま)の秋　杉陽
十棹(とさお)とはあらぬ渡舟(わたし)や水の秋　松本たかし
有髪(うはつ)の娘(こ)つれ住む尼や山の秋　帆影郎

片附けてきて坐り居り居間の秋　藤田耕雪
老いぬれば流行らずなりぬ医師の秋　浅井意外
先に行く人すぐ小さき野路の秋　星野立子
家系図におのれつけたす老の秋　鎌田薄氷
十年前亡くなりしとや人の秋　星野立子
門前の人になじまず僧の秋　小田敏正
呼びに出て子と遊びをり妻の秋　肝付素方

俳句では、句末の一語の印象が強く残ります。「〜の秋」とした場合、「秋」という言葉が読者の脳裏に残り、「秋」という世界に読者を誘い込むような効果があると思います。

レッスン 10

クイズで学ぶ「てにをは」の妙

おしまいに、
誰もが悩むであろう
「てにをは」について、
クイズ形式で練習します。

ドリル 30

「てにをは」をどうするか

○には一文字の助詞が入ります。
この句を生かすためにはどの助詞を選びますか。

- 住吉にすみなす空○花火かな

【の　に　は　も　を　へ】

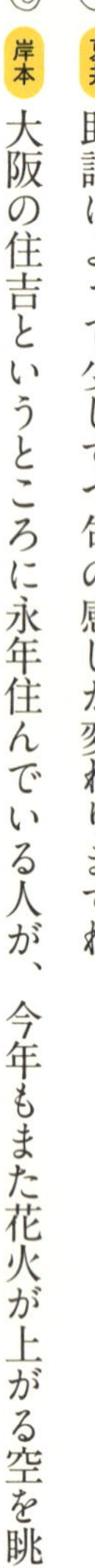

夏井　助詞によって少しずつ句の感じが変わりますね。

岸本　大阪の住吉というところに永年住んでいる人が、今年もまた花火が上がる空を眺めているのです。一番あたりまえなのは「すみなす空**の**花火かな」でしょうね。

夏井「の」と「に」でも違いますね。

岸本「空**に**花火かな」だと、空を見たら、そこに花火が上がっていたという感じ。「空の花火かな」だと、最初から花火のことがわかっていて、「空」を意識することなくいきなり花火に視線が向かいます。

夏井「を」はわかりやすいですね。

岸本「空**を**花火かな」だと、花火の玉が空をツーっと上がっていくところを想像します。

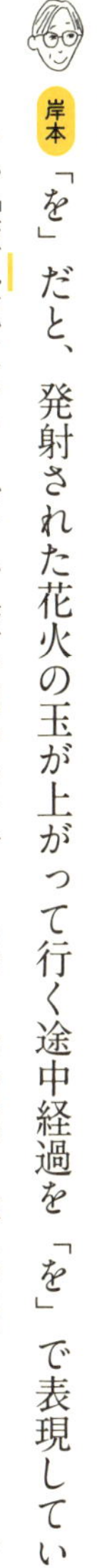

夏井「を」と「へ」も違いますね。

岸本「を」だと、発射された花火の玉が上がって行く途中経過を「を」で表現しています。「空**へ**花火かな」だと、空へ向かって打ちあがる方向感を詠んだ句になります。しかし「住吉にすみなす空へ花火かな」だと、いま花火がどういう状態なのかがわかりにくい。

夏井 残ったのが「は」と「も」ですが……。

岸本 この句は、**阿波野青畝（あわのせいほ）の「住吉にすみなす空は花火かな」**という句です（句集『國原』所収）。こういう「は」はなかなか使えません。「空の花火」「空に花火」「空を花火」と「空は花火」を比べてみましょう。**「空は花火」というと、空一杯に花火がパーッと広がっているような感じがします。**

夏井 「も」もあるんですか。

岸本 「住吉にすみなす空**も**花火かな」だと、「空は」のような高揚感はないですね。住吉の空も花火の季節になったか、と思ってふと見上げているというような軽い感じだと思います。応用編ですが「住吉にすみなす空や花火見る」という形も考えられます。「空や」とすると、空の広がりが強調されますね。一つ文字を変えただけで俳句の表情は変化します。

4章

もう一歩上達するための秘訣

型の練習と発想法の勉強を
ひととおり終えた方のために、
俳句のさらなる奥の深さを知るためのヒントを、
岸本尚毅と夏井いつきが
それぞれの俳句観をもとに語り合います。

●選者との関係――勉強するのは自分。だからどの先生についても大丈夫

岸本「始めたばかりの頃は、選者は一人にしたほうがいいんですか」といった質問を受けませんか？

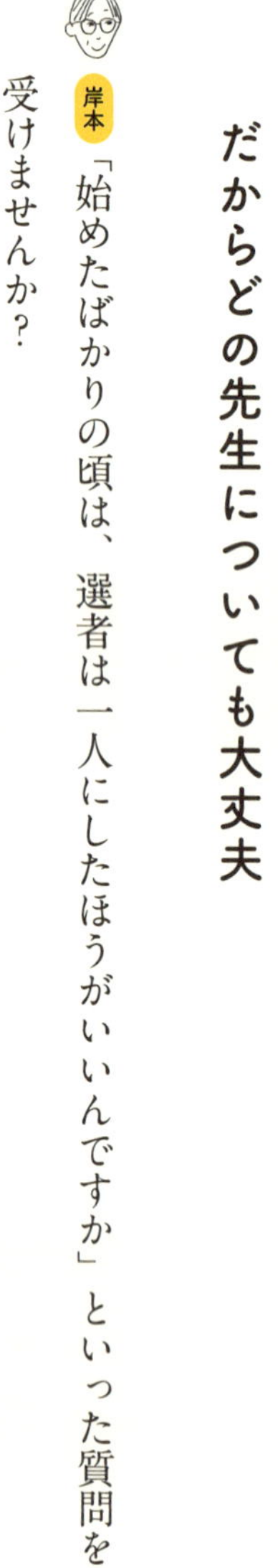

夏井 始めてしばらく経った方からよく受ける質問ですね。こんな言い方したらダメなのかもしれないですけど、**勉強するのは己なので、誰に付いても同じなんだと思います。**私の場合は、誰かに付くことで座標軸が一本決まるならば、先生がおっしゃることを軸にして考えればいいと思ったので、座標軸はたくさん要りませんでした。

岸本 今のは、チーム裾野にとってハードルの高いご発言だったと思いましたけど（笑）。選者や選を座標軸にして自律的に考えようということですよね。

夏井 岸本さんはどうなんですか。

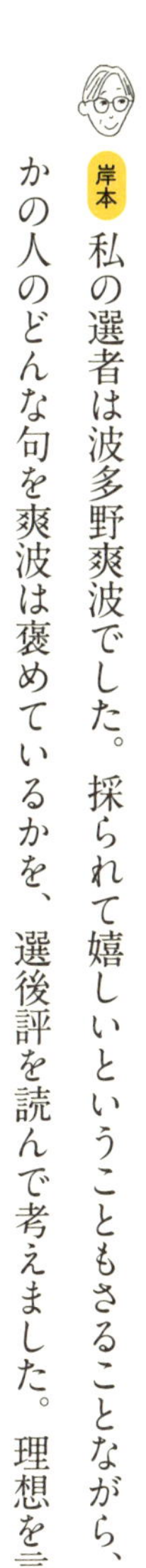

岸本　私の選者は波多野爽波でした。採られて嬉しいということもさることながら、ほかの人のどんな句を爽波は褒めているかを、選後評を読んで考えました。理想を言えば、選者の持つノウハウや思考回路を自分でアレンジして自分の中に再構築するということが究極の面白さだろうと思うんです。でも、それはやっぱり「自分の頭で考える」と言ってるのに等しいんでしょうね。

夏井　選者に選んでもらったか、もらってないかということで一喜一憂するよりも、自分で考えるということですよね。

岸本　といっても一喜一憂しないとね、元気が出ないですから。

夏井　複数の選者という座標軸の間で自分を保てる人にはそれも有効なんでしょうから、それを否定する気も全然ないんですよ。先生は一人に決めとくのも一つのやり方だし、複数の先生の間で振り子のような形で自分を保つ方もいらっしゃるだろうし。**一番よくないのは、選を願うのに、その選を否定してかかるということ。**あれは一番つまらないし、自分で考えるという意味でもよくないと思う。否定してかかるんなら、最初から選を請わなきゃいいじゃないかと思うんです。

師と仰いでいる人の作品は、「永遠の指標」だと思えるほうがいい

岸本 俳句に限らず、文芸作品を読むことの楽しみって結局、他人の脳味噌を借りる面白さですね。他人に完全になりきることはできませんけど、本を読んだりすることって、まさに他人が自分の頭の中に侵入してくることの快感ですよね。選句にも、そんなところがありますね。長く付き合っていると選者も変化しますよね。

夏井 私、選者の選が変わっていくというのは、当たり前だと思うんですよ。選者自身、成長もするし、年も取る。その変化を批判的に言う人もいますが、私はせっかく師と仰いでる人がいるなら、その方の作品は、永遠の指標にするべきだと思っているんです。ですから、先生の句や選が変わったと感じるのは、ひょっとしたら自分が追

いついてないのではと考えてしまう。少なくともその可能性が完全には否定できないでしょう？　もちろん、率直な批判があってもいいんですけれど、批判だけにするのはもったいないと思うんですよね。しかも弟子の分際で批判していいのか、あなたは、みたいな気もある。

岸本　句会は別として、俳句の選を大きく分けると、新聞俳壇のような、葉書に名前が書いてあるだけで俳句だけ見て選ぶものと、結社のように師弟としてお互いに顔が見えているケースとがあります。お互いに顔が見えているケースでは、選者が投句者の句に引っ張られ、選者が弟子の影響を受けて変化するということはあると思うんです。夏井さんご自身も顔の見えるお弟子さんがいらっしゃると思うんですが、そういうことはないですか。

夏井　それはないとは言えないと思います。その人の境遇を知っているという意味もひっくるめて、境遇を含んだ作品としてどうしても見てしまうってところは確かにあると思いますね。ただし、作者の名前を明かさずに鑑賞し合う「句会」というシステムは、そういう面を上手に緩和してくれる。

岸本 投句者の生身の人間の部分を知ることによって、選は影響を受けて当然ですよね。

夏井 はい。それが全然ないって言えるほどの人間ではないなと。

すぐれた句を理解できたときの喜びも大きい

岸本 投句者の句で、「あ、こんな作り方があるんだ」と思って、それを自分の選句に取り入れて行くというんでしょうか、むしろ選者のほうが教育される。もっと言えば、投句者が「この句を先生に理解させて、先生を自分の句の読者として育てていく」という面はありませんか。指導者として、そういう作家と継続的に自分が選者として向き合うことで、投句者の力で選者のキャパシティを大きくしてもらうという部分があるのではないかと想像するんですけど。

夏井 それはすごくあります。育ててもらっている感覚はあります。とくに私のまわり

の人たちは、句柄がひととおりでない人たちがいっぱい集まってくるような場なので、伝統的な、しっかりとした、淡々と描写するような人たちから、刺激的な句を作る人たちまでたくさんいて、全方位全天候型の句柄がまわりから押し寄せてくるような感じがあるので、自分が読み解ける句の幅が鍛えられています。「これは、夏井いつきはよう読まんだろう」的なボールを投げられて、「ちょっと待って。これ気にかかるんだけど何が魅力なんだろう」と、その一句だけに時間をかけて立ち向かうとか、そういう経験をいっぱいさせてもらっている実感はとてもあります。

岸本　俳句って自分が作者として作る楽しみはもちろん大きいんですけど、ひとさまの句を読むほうが句の幅が大きいので、作れなくても、すぐれた句を理解できたとか鑑賞できたという喜びはありますね。

夏井　すごくあります。なんか、高い山に登った爽快感みたいな。で、自分がこの句に惹かれた理由が解明できたときの喜びというか、意味もわかんない句なのに、どの言葉が私の脳に引っかかって、どんな物質を出させてるんだろうみたいな、そんな感じ。

岸本 選者としての立場からすると、惹かれるとか採るとかという結論が先にあって、そのあと、じゃあなんでこの句に惹かれたのかを考えるわけですね。

夏井 何かが引っかかってくる感じですね。

岸本 逆にいうと、これがダメとか、これがいいから採ったという理路整然とした説明はあるかもしれないけど、それはじつは実態ではない。

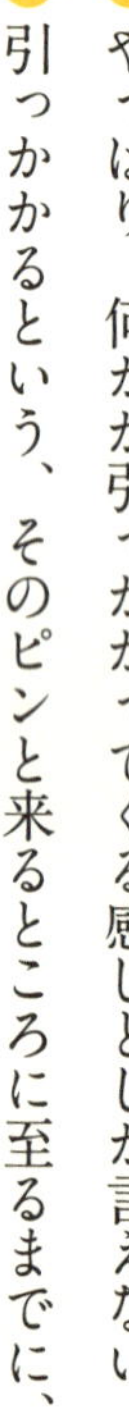

夏井 やっぱり、何かが引っかかってくる感じとしか言えない。

岸本 引っかかるという、そのピンと来るところに至るまでに、ある程度の練習はいるんでしょうね。そういう「ピンと来て選句」をするにはそれなりのセンスが必要ですね……。

夏井 それは鍛えないといけないですね。納得できる鑑賞というか選評というか、そこまで行ったらやっと一つおいしい食事を食べ終わったという満足感が生まれる。そんな感じでしょうか。

語順が重要。句の最後にどの言葉を残すか

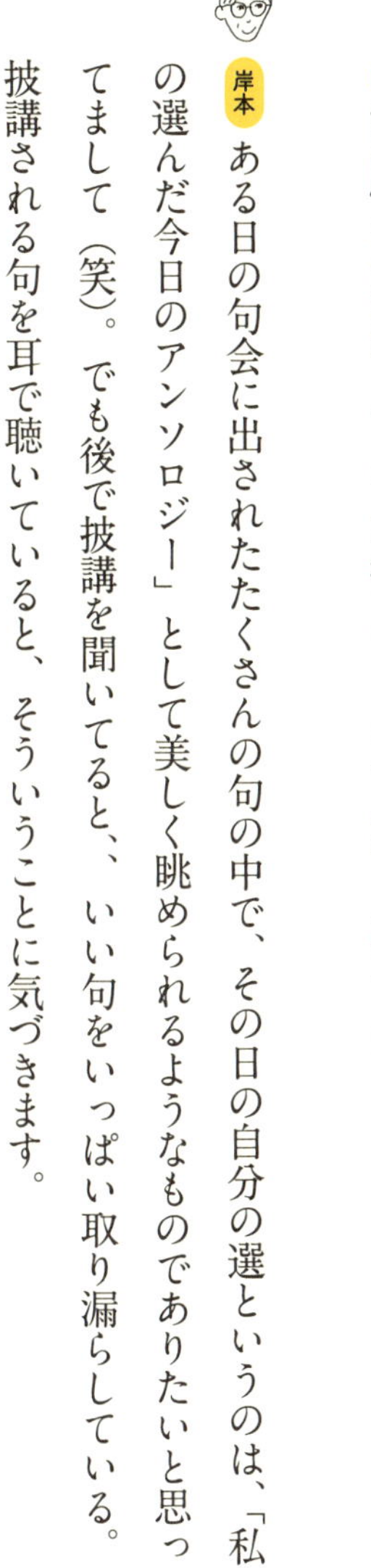

岸本 ある日の句会に出されたたくさんの句の中で、その日の自分の選というのは、「私の選んだ今日のアンソロジー」として美しく眺められるようなものでありたいと思ってまして（笑）。でも後で披講を聞いてると、いい句をいっぱい取り漏らしている。披講される句を耳で聴いていると、そういうことに気づきます。

夏井 耳で聴くことは曲者（くせもの）ですね。以前俳句甲子園で、キシモト博士が、句が書かれた手元の紙は見ずに、はじめにその句を音声だけで聴くとおっしゃったので、「えー？」と思って。

岸本 耳で聴くことは有益です。字面がゴチャゴチャして、文字で見ると「何これ」と思うんだけど、耳で聴くとすっと入る句ってあるんですね。

夏井 ありますね。俳句が韻文だっていうことを忘れかけているところがあるじゃない

ですか。俳句甲子園でちゃんと披講しているのに、私、そんな基本的なことにうっかりしてたんですが、キシモト博士が俳句甲子園の中でおっしゃったんです。「僕は聴くんだ」って。

岸本 俳句甲子園で句を読み上げるのはいいシステムです。二回朗読するんですね。句を隠していた紙が外されたとき、句を上から下へ読むんです。当たり前のことですが、俳句を読むときの語順については二つの見方があります。十七音の塊（かたまり）全体を一瞬で見るという見方と、絵巻物がだんだん現われてくるように、上五、中七、下五と順を追って言葉が現われてくるという見方です。全体を見るのもすごく魅力的なんですけど、順番に見えてくる俳句の面白さは、俳句甲子園で句を読み上げるのを聞くときに強く感じます。

夏井 文字が上から下へ眼球に一字ずつ映り込んでくるじゃないですか、俳句甲子園じゃなくたって当然上から下へ読んでいく。そのコンマ何秒の時間の経過の間に脳の中でその字が映像になったり音になったり、そのささやかなタイムラグのもとにガーッと動き出すと思っているんですよ。だから、私は、上からどの順番でどの言葉が入ってくるかというのは、俳句においてはすごく大事で、読み手にとっての喜びがそれで構成されると思っている。だから、声で聞くということも同じ意味を持っていると。音として上から入ってくるのはすごい仕組みだと本当に思っています。

岸本 最初にその句を見た——句会では大体初見の句が多いですけど、最初に現われてくる瞬間というのは二度と経験できませんよね。

夏井 それです、それです。

岸本 「古池や蛙飛こむ水のをと」も、上から順番に読んで味わっている。

夏井 そうです。上から読まないと無理だと思う。で、試みに語順を変えてみましょうとかってやるじゃないですか。語順を変えた瞬間に鮮やかさがかけらもなくなる句ってあるでしょう? 作者の眼球に映ったものが脳の中で言葉に変換されて文字になって出てくる。今度はその文字を読んだ人の脳の中で映像が、まったく同じ映像が再生されるってなったとき、その句のその写生のできている醍醐味みたいなのがストレー

トにガーッと流れ込んでくるんだと思うんですよ。

岸本　語順が重要ですね。

夏井　それと、最後にどの言葉が残るか。余韻とか余情とかの話ではなく、最後にどの映像、どの音、どの単語が自分の脳の中に残像、残影になるかもすごく重要なことだと思う。そういうことを考えていたら、人の俳句を読むのが楽しくてしょうがないですね。

ひらがな、カタカナの使い分け

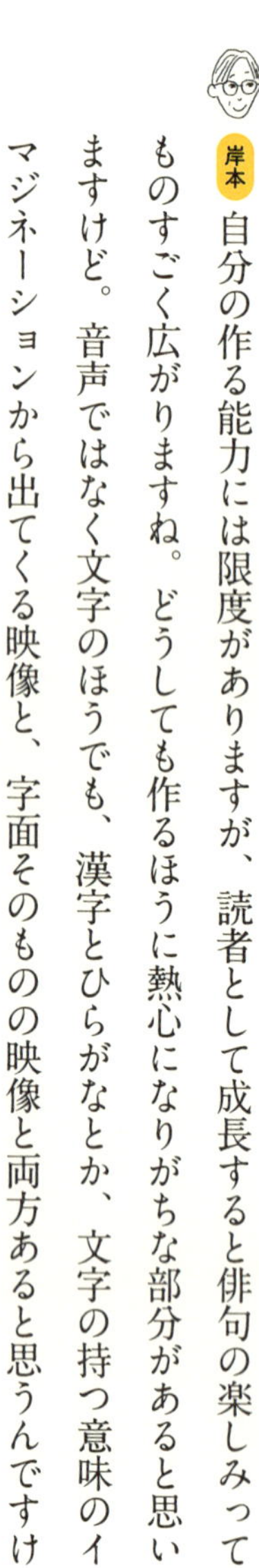

岸本　自分の作る能力には限度がありますが、読者として成長すると俳句の楽しみってものすごく広がりますね。どうしても作るほうに熱心になりがちな部分があると思いますけど。音声ではなく文字のほうでも、漢字とひらがなとか、文字の持つ意味のイマジネーションから出てくる映像と、字面そのものの映像と両方あると思うんですけ

ど……。

夏井 大いにありますね。

岸本 くだらないことを言うと、清記用紙にきれいな字で清記されているか、汚い字かでもかなり……（笑）。

夏井 あの人に清記してもらっただけで句が三割増しよくなるというのは否応（いやおう）なくあります（笑）。

岸本 俳句の表記についてはどうですか。

夏井 ひらがな、漢字、カタカナの表記のことをあまり言うべきではないという立場の方もいらっしゃるとは思うんですけど、でも、明らかに違うんだから、「しょうがないじゃない。ここはひらがなで書きたいのよ」みたいなのもありますね。

岸本 仮名遣いの問題もありますよね。

旧仮名か現代仮名か

夏井　「旧仮名で書きたいよ、この句は」「旧仮名で読みたいよ、この句は」というのと、「現仮名でも旧仮名でもあまり変わらないな」っていうのと、句によって明らかに違うでしょう。

『20週俳句入門』では藤田湘子先生はどっちかに決めなさいって書いてらっしゃるので、どうせやるなら旧仮名のほうがカッコよさそうだし、興味もあるし、と思ってやるわけですよ。でも、俳句「ゼロ」の人を「一」にする仕事をやっていると、旧仮名とか文語で立ち止まってしまう人もたくさんいらっしゃる。そこで、現仮名ってどこまでやれるんだろうと興味を持ったんですね。そんなとき、宇多喜代子(うだきよこ)さんの『象』という現代仮名遣いで書かれた句集を読んで「現仮名ＯＫやん」と思った。これがきっかけで、俳句を始めようという方々には「まずは現仮名でいいから」と勧めるようになったんですね。それで、自分も現仮名でどこまで書けるかやってみようと。

岸本 では夏井さんは、現仮名がメインなんですか。

夏井 とはいえ、抗(あらが)い難い旧仮名の魅力ってあって「この句は何が何でも旧仮名で書きたい」っていう欲望が渦巻くんですよね。そうなったとき「よくよく考えたら俳句って一句独立なんでしょう?」と思いだして、文体だって、口語で書きたいか文語で書きたいかは一句一句決めるじゃないですか。これは絶対口語で書かないと面白くないとか。「表記だって選んでいいんじゃないの?」とか最近わがままにそんなことを思い始めまして。

岸本 一句の中で混ざっていなければ、あとは自由だと思いますね。

夏井 たぶんそれは、句集にするとき困るよってことだと思うんです。還暦になって五十代の句集をまとめなきゃと思っているんですけど、今のところ薄ぼんやりと思っているのが、章のうちの一つを旧仮名章ってつけて、そこだけ旧仮名の句を集めてやろうかなと。「一句独立なんだから好きに選ぶんだ」と、今そんなことをかすかに思ってるんですけど。

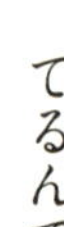

岸本　旧仮名の句が少ないんですね。

夏井　ここのところ、現仮名でどこまでできるかっていうのを一つの命題にしていたから。でも、抗い難いんです、旧仮名の魅力が。で、一回そんな句集を出してみて、「俳句って一句独立だもん」とかって開き直ってみてやろうかなってちょっと思っているんです。

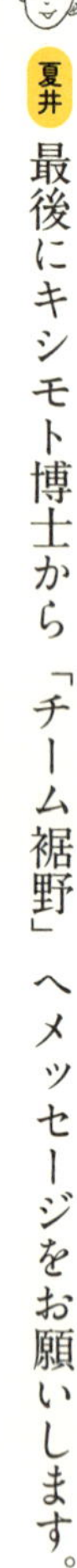

おしまいに——キシモト博士が肝に銘じている三つのこと

夏井　最後にキシモト博士から「チーム裾野」へメッセージをお願いします。

岸本　では、もう一歩上手くなりたい皆さんに三点だけ。

第一は、私の師であった波多野爽波の「多読多憶」（先人の名句を数多く読み、暗記する）**と「多作多捨」**（同じ季語を使って数多くの句を作り、数多くの句を捨てる）**です。**この教えは精神論のようにも物量作戦のようにも思えますが、ようするに「がんばれ」ということです。俳句を体で覚えるという「訓練」をするということです。

第二は、俳句は上手に作れなくてもいいから、すぐれた「読者」になってみることです。私は中学生の頃から俳句に興味を持ちましたが、初学の五年間は、作ることより読むことが中心でした。自分が下手くそな句を作るより、先人の名句を鑑賞するほうが幸せだと思ったからです。

第三は、「低俗」な言い回しに頼らないこと。コラム8（241ページ）でも紹介しているような、蟬が満開であるとか、早乙女が星をふやすとか、水音が冬紅葉を引き立てるとか、秋風がこらえきれないとか、これらは一見気の利いた、ちょっとひねったような言い回しです。一種の「見立て」と言ってもいいかもしれません。このような「低俗」な言い回しにならないよう、私自身も肝に銘じています。

夏井　とにかく、**よく詠み、またよく読むのみ。そして、低俗ではない、オリジナリティやリアリティをめざす！**

「チーム裾野の皆さん、まずは岸本ドリルにチャレンジして訓練を始めよう！」と声を大にして言いたいです（笑）。

岸本　芭蕉が本格的な俳諧修行を志して江戸に出てから『おくの細道』に出発するまでの年数がほぼ十七年。正岡子規が従軍記者となって喀血（かっけつ）してから亡くなるまでの年数が七年です。仮に今この本を読んでおられる方が七十歳で俳句を始めたとしても、八十五歳まで俳句を続けたら、子規を上回り、『おくの細道』の頃の芭蕉に匹敵するくらいの俳句修行の歳月があるわけです。もちろん芭蕉や子規と私たち（富士山の八合目もチーム裾野もひっくるめて）とはレベルが違います。しかし、芭蕉や子規の何分の一、何十分の一くらいのことは俳句でできるのではないでしょうか。俳句という詩は、あなたの興味と探求に必ず応えてくれる文芸です。そのことを夏井さんと岸本がお約束します。

「低俗ないいまわし」とは

私、岸本が、最も大事にしている先人の教訓を、大学生の頃に読んだ本の中からご紹介します。

「鶏買が影忘れゆく蟬時雨（せみしぐれ）」「雲白し蟬満開の故郷の杉」「鉄橋をかへる早乙女星ふやし」「沼わたる蛇夕焼を消しながら」（いずれも福田甲子雄（ふくだきねお）の句）の傍線部について、高柳重（たかやなぎじゅう）信（しん）という俳人が次のように書いています。

この種の低俗ないいまわしは広く俳壇に流布されているが、作者自身、まだ実は何も見届けていないにもかかわらず、強いて一句に仕立てようとするところに原因を持つ悪弊である。（立風書房『現代俳句全集』第六巻）。

重信はまた「水音の引き立ててゐる冬紅葉」「秋風のこらへきれずに吹く日かな」「臆

病な風の来て触れ蛇の衣（いずれも後藤比奈夫の句）について次のように書いています。

この種の例句はあまり挙げたくないが、さすがの後藤比奈夫も次第に俳歴を積むにつれて、かなり楽々と達者に書いてしまう傾向が少しずつ見えてきたようである。たとえば、

金魚田に映りて蝶のわたりけり

には、まだ初々しさを残して懸命な健気さが見えるが、

山葵田に映りて蝶の昏くなる

となると、もはや達者ぶっているだけで、かなり安っぽくなってしまう。

高柳重信のいう「低俗ないいまわし」に頼らないことを心がけたいものです。

その一方で、高柳重信は次のような句を褒めています。

稲刈つて鳥入れ替る甲斐の空　福田甲子雄

山国の秋迷ひなく木に空に

「中でも『甲斐の空』の句は、出色の作と言うべきであろう」（高柳重信）

昼は子が鵜匠の真似をして遊ぶ　後藤比奈夫

猟人の痩軀長身その犬も

不知火もまた狐火も語り継ぐ

冬晴に応ふるはみな白きもの

「後藤比奈夫の俳句が、やさしく柔軟な感性のみが獲得できるような微妙な洞察を、しばしば清潔な緊張感を湛えた凜たる響きの言葉によって書かれているのは、この初々しい含羞が依然として失われていないためだと思うからである」（高柳重信）

高柳重信が「微妙な洞察」「清潔な緊張感」「初々しい含羞」といった言い方で語ろうとしたのは何でしょうか。

少なくとも「影を忘れる」「蛇が夕焼を消す」「風が臆病である」といった安直な見立てに頼ってはいけないということは確かです。安直な見立てに頼るとそれ以上に句が深まっていかないのです。そういう一寸気の利いた言い回しを「ポエジーがある」などと言って褒める人がいるのも困ったものです。

むしろ、端的に言えば、言葉を信用しないことです。ナマの現実を言葉に置き換えようとすると、そこには必ず何らかの「ごまかし」が生じます。目の前にいる一匹のイヌを言葉で「犬」と呼んだとき、ナマの存在としてのイヌは、言葉として抽象化された「犬」に置き換わります。それは言葉の宿命です。

にもかかわらず最大限の誠実さをもって言葉を選び抜いたとき、言葉を介して「何かをつかんだ」という手応えが得られる場合があります。高柳が称賛した「稲刈って鳥入れ替る甲斐の空」「山国の秋迷ひなく木に空に」「不知火もまた狐火も語り継ぐ」「冬晴に応ふるはみな白きもの」といった句はどうでしょうか。一句が安直な見立てに陥らないように、言葉が慎重に選ばれています。「〜して〜入れ替る」「〜迷ひなく

〜に〜に」「〜もまた〜も語り継ぐ」「〜に応ふるはみな」といった言葉の運び（フレーズ）の力をうまく使いながら、読者を連想の世界へ誘っているような気がします。

一寸気の利いた言い回しを見せられても読者は「あーなるほど」と一瞬感心するだけです。読者は一句を外から眺めて褒めたいのではありません。読者はいつのまにか句の世界の中に入って、その中でいつまでも遊びたいのです。

句の中へ読者を誘う「型」と「連想」との相乗効果をどこまで高められるか。高柳重信が俳句に求めたことも、そのへんにあるような気がします。

「型（かた）」で学（まな）ぶ　はじめての俳句（はいく）ドリル

平成30年９月10日　初版第１刷発行
令和３年11月５日　　　第２刷発行

著　者　岸本尚毅（きしもとなおき）
　　　　夏井いつき（なついいつき）

発行者　辻　浩明

発行所　祥伝社（しょうでんしゃ）

〒101-8701
東京都千代田区神田神保町3-3
☎03(3265)2081(販売部)
☎03(3265)1084(編集部)
☎03(3265)3622(業務部)

印　刷　堀内印刷
製　本　積信堂

ISBN978-4-396-61664-9　C0095
祥伝社のホームページ・www.shodensha.co.jp

『「型」で学ぶ はじめての俳句ドリル』続編

ひらめく! 作れる! 俳句ドリル

岸本尚毅
夏井いつき

進化した岸本ドリルで
ステップアップ!

感動を
俳句にする
コツは?

ありきたりな
句から
脱出するには?

似ている
季語、
どちらを使う?

主な内容

1 キーワードの見つけ方

2 発想法

3 省略と推敲

4 一句の中の言葉の質量

祥伝社